刑事に向かない女

再会

角川文庫
24324

目次

登場人物

椎名《しいな》真帆《まほ》……荻窪東署の刑事。（警視庁捜査一課に出向中）
新堂《しんどう》雄一《ゆういち》……同署の刑事。班長。
古沢《ふるさわ》和夫《かずお》……同署の刑事。
吾妻《あづま》健人《けんと》……同署の刑事。
有沢《ありさわ》香織《かおり》……警察庁刑事局刑事企画課の警部。
重丸《しげまる》麻子《あさこ》……警視庁・特命捜査対策室第七係 係長。
村田《むらた》龍彦《たつひこ》……大森湾岸署の刑事。（『刑事に向かない女　違反捜査』に登場）
椎名《しいな》曜子《ようこ》……真帆の伯母。洋品店経営者・占い師。
相沢《あいざわ》博之《ひろゆき》……真帆の父親。元警察官。
工藤《くどう》秋馬《しゅうま》……外交官・駐米公使。
沢田《さわだ》広海《ひろみ》……外交官・二等書記官。
藤島《ふじしま》秀一《しゅういち》……外務省職員。（沢田の同期）
津村《つむら》瞬《しゅん》……航空自衛官。百里基地警備教導隊所属。

――四ヶ月前

遠目にも、男が拳銃《けんじゅう》のような物を店員に突きつけているのが分かった。

目の前にある光景は現実のものに違いないのだが、どこか再現ドラマを観ているような錯覚を起こしてしまう。

〈もう逃げられっこないのに、なに頑張ってるんだか……〉

そっと息を吐いたつもりが、予想外に大きなため息となった。

その途端、傍にいた数人の捜査員が冷ややかな視線を送ってくる。

どうして、自分はこうもタイミングが悪いのか。

警視庁捜査一課に異動して初めての現場だというのに……。

真帆《まほ》は今日のラッキーカラーだという青い空をそっと見上げる。

複雑に交差する電線の間に、警視庁やテレビ局のヘリが近づくのが見えた……。

約1時間前、拳銃を持った男が店員を人質にコンビニに立てこもっているという第一報が警視庁捜査一課に入った。

現場はJR大久保《おおくぼ》駅に近いビルの一階にあるコンビニで、通報から数分後に最寄りの交番の警察官と新宿南《しんじゅくみなみ》署の捜査員が急行し、警視庁捜査一課からは真帆を含む捜査員数名と特殊事件捜査係SITが十数名駆けつけていた。

通報したのは逃げ出した客の一人で、その客の話では、犯人の男は入店するなり拳銃のような物をレジにいた女性店員に向け、金を要求したということだ。

店内には複数の客がいたが、それぞれがその場にしゃがみ込み、通報者は男の目が他の客に向いた隙に出入り口から走り出たと言った。

コンビニ強盗の多くは、客の出入りが少ない深夜から早朝にかけて発生することが多いが、通報があったのは、14時過ぎだった。

駆けつけた警察車両や警官の姿に大勢の野次馬たちが集まって来たが、すぐに道路は封鎖され、現場からかなり離れた一帯に規制線の黄色いテープが張られ、二階から五階までの住民は室内に留《とど》まるよう警告された。

男はその直前に正面ドアの外に出ようとしたが、到着した警察官の姿を見て再び店内に戻り、女性店員と残された客を人質に立てこもった。

指揮を執る新宿南署の警部補がガラス戸越しに説得を試みていたが、男に投降する気配はなかった。その時点で、ガラス越しから確認できる拳銃は玩具《おもちゃ》のように見えたが、近年では手製の改造銃で犯罪を起こす事件もあることから、捜査員たちは慎重に説得を試み、突入の機会を窺《うかが》っていた。

現場界隈《かいわい》は外国人観光客が多く見られることで有名な地域であり、規制線の外に集まった大勢の野次馬が一様にスマホを掲げていた。

「椎名《しいな》、あのビルの奴らを退避させろ！」

同行した年配の刑事が、真向かいのビルを指して真帆に叫んだ。

本来なら真帆が動員される事案ではなかったが、午前中に北区《きた》と荒川区《あらかわ》で発生した二件の殺人事件に捜査員が駆り出されていたため、人数合わせのような形で真帆にお呼びがかかったのだった。

見ると、コンビニの真向かいにあるビルの三階から、ガラス窓に貼り付きコンビニの様子を窺う多くの顔が見えた。

〈もうっ！〉

真帆はエレベーター脇の階段を一気に駆け上がり、店内に飛び込んで叫んだ。

「立てこもった男は拳銃を持っています！　窓に近づかないで伏せてください！」

有名な韓国料理店なのか、ランチタイムを過ぎても多くの客がいた。

すでにネットニュースに流れたらしく、「拳銃」というワードに恐怖よりも好奇心が勝つのか、一度は床に屈《かが》み込むがまたすぐに頭を上げる者がいる。

「アレって、本物かな……何かチャッチぃんやけど」

「オモチャなん？」

側にいた観光客らしきカップルの話し声が聞こえた。

男の方は一眼レフのデジカメを覗《のぞ》いている。

「ちょっと貸して！」

真帆は咄嗟《とっさ》にそれを奪って覗いた。

何やねん……と憮然《ぶぜん》とする男の声を無視し、ズームになっていたレンズ内の男の手元を凝視するが、真帆が見ても確かに安価な玩具のように見えた。だが、仮に偽物だとしても、実弾が飛び出さないという確証はない。

拳銃から男の顔にカメラを向けた。

あれ……？

こういう場合、犯人は極度の緊張状態で、いつ突入するか分からない警官を警戒して周囲に目を凝らしているのが普通だ。

だが、レンズ内の男は何かに怯《おび》えているような気弱な表情をしている。

手元の拳銃らしき物を女性店員に突きつけてはいるが、背後を窺うように眼球を動かし、女性に何か話すのが見える。

女性もそれに答えるように口を動かし、男と同じように背後を気にしているようだ。

〈後ろに誰かいる……？〉

目を凝らし、照明が消された薄暗い店の奥にピントを合わせるが何も確認できずにいると、いきなり弾《はじ》かれたように犯人の男と人質の女性店員が叫びながら店外に飛び出し、その背後から残っていた数名の客も走り出て来た。

〈え！　どういうこと？〉

一斉にSITや捜査員たちが男を取り押さえるが、男は何かを叫びながら抵抗し、女性店員は店の方を指して必死な様子で何かを訴えている。

――と、コンビニの裏口から通路に一人の若い男が走り出て、更に奥にある建物との境のブロック塀によじ登るのが見えた。

男はコンビニのユニホームである青と白のストライプ模様の上着を着ている。

店員の一人が裏口から脱出したのだと思ったが、何故か正面ではなく反対方向に逃げようとしている。

立てこもり犯の男を取り囲んでいる捜査員たちは、誰一人、裏口から走り出た男に気づいてはいない。

〈誰、あれ……？〉

反射的に真帆は階段を駆け下り、規制線を潜り一気に通路に走り込んだ。背後で警官の大声が聞こえたが、振り返る余裕はなかった。

男の上半身が塀の向こう側に消えようとする瞬間、かろうじて片足に食らいつくが、あっという間に男のもう片方の靴底が目の前に迫った……。

〈今日は厄日だと伯母《おば》ちゃんが言ってたけど、本当だったなあ。ラッキーカラーはブルーだよね。ハンカチでも買えば良かったな……〉

終わりそうにない係長の鵜沢《うざわ》警部の声を聞きながら、真帆はつくづく本庁一課とは相性が悪いのかもしれないと考えていた。

「おまえのせいで取り逃したようなもんだぞ！　ったく……」

軽い脳震盪《のうしんとう》で済んだが、男に蹴《け》られた額の擦り傷が疼《うず》いていた。

救急車に乗せられ、念の為と言われて脳の検査をし、敗北感を抱えて一課のドアを開けた途端から、鵜沢の小言は執拗《しつよう》に繰り返されていた。

「一度は現場に回してくれとトラ丸から言われてたから仕方なく……」

あの時、背後から走ってきた警官の足音や声が聞こえたが、彼らも犯人を確保できなかったのか。

自分が動かなかったら、真犯人の存在に気づかなかっただろうに……。

「ったく、課長や刑事部長に何て説明すれば……」

真犯人の男は店員の男のユニホームを奪い、プラスティック製の玩具の拳銃を持たせて犯人に仕立て上げ、別のもう一丁の拳銃を見せ、動けば発砲すると脅したという。捜査員全員が、その店員を犯人だと思い込んでいたため、誰も裏口を警戒してはいなかった。

その間に犯人は裏口から抜け出し、塀を越えて店の裏側に逃走できたのだ。

捜査員たちは転倒した真帆を置き去りにして犯人を追ったが、塀の向こう側や周囲のどこにも犯人の姿を見つけることはできなかった。

男と共に消えたもう一丁の拳銃も玩具と思われるが、実銃であれば真帆が撃たれた可能性もある。

「勝手に持ち場を離れるから、こういう事になるんだ。誰もおまえに犯人を確保しろとは言ってないだろ！」

「あの、お言葉ですが、コンビニの裏口を封鎖しなかったのも私の責任なんでしょうか」

「なっ……」

鵜沢が一瞬言葉を失ったのを幸いに、真帆は深々と一礼してデスクに戻った。

初めてこの部屋に来た時のように、周囲の刑事たちが唖然《あぜん》とした顔で自分を見ているのが分かった。


真帆が七係から捜査一課の最前線に異動して二週間後の出来事だった。

巡査　Ｉ

目の前にあるトレイに並んだ料理は、一日置きに注文するランチだ。

《糖質軽減定食・雅御膳《みやびごぜん》》なるもの。

幸い、現在《いま》の職場に移ってからは昼食を共にする仲間もできず、このチョイスに怪訝《けげん》な目を向ける者はいない。

近場のレストラン街に出向くのも億劫《おっくう》で、連日のように本庁舎内の食堂を利用しているのだが、さすがにその味付けに飽きてきた。

以前は皇居周辺を散策しながらカフェランチをしたり、評判のラーメン店に出かけたりもしたが、さすがに異動して二年目ともなると、どの店のメニューを想像しても、それらに心躍ることはもはや無い。

だが、新規オープンの店を開拓する情熱も湧かず、そういう楽しみが無くなると、コスパ重視で手っ取り早く栄養が摂《と》れる官公庁食堂は便利だった。

メインは薄味の鶏肉《とりにく》や白身魚のグリル。豆腐の白和《しらあ》えやワカメサラダなど……。

今日も全く食欲をそそらないそれらを、真帆はゆっくりと口に運ぶ。

ダイエットのためではない。先日の健康診断で、血糖値が四十代並みという結果が出たのだ。

その診断書の「C判定」という赤文字を見た時、思わず、デスクの隅にあるアーモンドチョコの箱に目を移した。

ここ半年以上、キーボードを叩《たた》きながら時々口に放り込むのが習慣になっていた。

一日に1箱。そう決めてはいたが、午前中に無くなることも考え、デスクの引き出しには午後のおやつ用にクッキーや甘納豆などを潜ませていた。

荻窪東《おぎくぼひがし》署にいる頃は、自分のデスクに菓子類をストックすることなど一度もなかった。

捜査に駆り出されることがないデスクワークの日々が続いたとしても、昼食以外、就業時間に何かを口にする習慣はなかった。

『それって、ストレスよね。今の状況に不満があるのね……最近失恋とかした？』

先日、伯母の曜子《ようこ》が診断結果を見ながら窺《うかが》うような目を向けてきた。

失恋は全く覚えがないが、現状にストレスを感じているのは確かだ。

［C判定］の原因は、今の職場にある。

荻窪東署から警視庁・特命捜査対策室第七係に異動になってから、現場に赴く《体を使っての捜査》は少なく、頭から足先までストレスを感じない日はなかった。

そして、昨年の秋に七係から本家の捜査一課に異動になってから、そのストレスは増加の一途を激しく辿《たど》っている。

あまりにも刺激がなさすぎる……から。

警察官として口にすることは憚《はばか》られるが、真帆は毎日同じ意味の言葉を呟《つぶや》いている。

刺激が無く暇な日々が続くのは世の中が平和だから、と誰かが言ったが、決してそうではない。

真帆のデスクから遠く離れたガラス越しのブースは、重大事件の捜査本部を設置するための会議室だが、常に慌ただしく出入りする捜査員の姿が見られ、徹夜作業の刑事たちが長テーブルに突っ伏していることも度々ある。

決して重大事件が減少しているわけではないのだ。

四ヶ月前に起こったコンビニ強盗事件もまだ犯人は捕まっていない。

取り逃した責任を取らされ始末書を書かされたが、自分の何が悪かったのか全く分からなかった。捜査員たちが捕らえた店員を真犯人だと思い、裏口から逃走した真犯人の存在に気づかなかったのも、自分のせいだと言うのか……。

思い返す度に、その理不尽さに腹が立つ。

それに……。

真帆は五穀米の最後の一口を噛《か》みながら、少し興奮気味に一課の扉を開けた半年近く前の秋のことを思い出した。


『デカは十分足りているし、これ以上は面倒見切れないんだ。とりあえず一課専属の広報担当ということで……』

異動先の捜査一課第四強行犯八係に赴いた時、係長の鵜沢はスマホを弄《いじ》りながらそう言い、室内の一番奥のデスクを指した。

期待は往々にして裏切られる。

両手で抱えていた私物の入った段ボール箱が、いきなり重くなった。

一課の室内は思ったより広く、第一から第八強行犯の各係のブースは低いパーティションで仕切られていて、百名以上の警察官が黙々とパソコンに向かっていた。

誰一人、真帆に顔を向ける者はいなかった。

その整然とした室内の空気は大規模な役所や生産工場のようで、所轄に漂う人間臭さは全く感じられなかった。

場違いな所に迷い込んだ小動物のようにデスクに向かうと、背後から鵜沢と誰かの会話が耳に入った。『女性だったんですね？』『ああ。トラ丸のヤツ、うちの精鋭を譲るとか何とか言いやがって……女だと最初に言えば断ったのに……ったく』

一瞬、足が止まりかけたが我慢した。

〈あたしは赤毛のアンか！〉

抱えていた段ボール箱をデスクの上に乱暴に落とすと、思った以上に大きな音が立ち、その瞬間、真帆は初めて周囲の視線を感じた。


あの日から可もなく不可もない退屈な日々が過ぎ、気づくと［C判定］の身体になっていた。

異動を告げられた時、一課ではトラ丸と呼ばれている七係係長の重丸麻子《しげまるあさこ》は、『私が決めたことじゃないわよ。新堂《しんどう》君がね、そろそろ荻窪に戻したいけど、せっかく本庁に出向してるんだから一度は前線で研修させたいって……』と言ったが、その新堂からは、『毒を喰《く》らわば皿まで、ってね』と軽くあしらわれた。

新堂警部補は、荻窪東署・刑事課の班長で、真帆の直属の上司だ。

『マジであり得ん……』と絶句したのは元相棒の吾妻《あづま》だ。

本庁捜査一課は、刑事なら一度は憧《あこが》れる花形部署だ。吾妻の分かりやすい嫉妬《しっと》に、少しばかりいい気分になっていた自分を今は呪う。

〈こんなはずじゃなかった……〉

一課専属の広報担当という肩書きの内実は、本家の広報課から溢《あふ》れてくる雑務の処理作業で、広報活動報告書やホームページの誤字脱字の確認が主な仕事だ。

一日のノルマは無いに等しい。急を要する案件が回ってくることはほとんど無いからだ。

その退屈極まりない作業をする時間に、チョコの一つや二つを摘《つま》むくらいは許されていいはずなのだ。

数値が下がれば、今真向かいの席で職員の男子が食らいついているカツ丼や、斜め前の若い女子が嬉《うれ》しそうに頬張っている唐揚げ定食を食べ、3時の休憩時間にはココアと大好きなエクレアとか……。

そう考えた時、七係時代は3時のおやつとして毎日のように甘い物を食べていたことを思い出した。

あの習慣も、今回の血糖値に影響したのかもしれない。

〈本庁に来てから、ろくなことないな……〉

のろのろと立ち上がり、まだ半分近く残っている定食のトレイを持ち上げようとした時、上着のポケットに入っていたスマホが鈍い音を立てた。

　着信画面に「吾妻」の文字を確認しながらトレイを返却口に運び、職員や見学者で賑《にぎ》わうロビーに出てからスマホを耳に当てると、案の定、苛立《いらだ》った吾妻の声が耳に刺さった。

『ったく、早く出ろよ！　おまえに有沢《ありさわ》さんから何か連絡が来てないか？　先週からメールに返信もないし、ラインも既読にならないんだけど……まさか、向こうで何かあったとか……あ、七係のトラ丸なら分かるかな？』

　苛立った吾妻の電話に多くの相槌《あいづち》は必要ない。ほぼ独り言のようなものだから、苛立ちを吐き出して気が済めば、すぐに自分から電話を切るのが常だ。「ん……、いや……、さあ……」の三語で、たいがいは事が済む。

　だが、有沢の話となると別だ。

『なあ、何か知らないか。半年の予定って言ってたから、そろそろ帰国する頃だろ？』

　有沢香織《かおり》警部。警察庁刑事局から七係に出向していたキャリアだ。

　真帆とは二つの事件を捜査し、短期間ではあったが一緒に濃い時間を過ごした。現在は警察庁に戻り、昨秋からアメリカのワシントンD.C.に出向中だった。

　時々はメールや電話でやり取りをしていたが、時差の関係もあり、お互いにひと月ほど連絡をしていなかった。

『おい、聞いてんのか？』

　思ったとおり、軽い相槌だけでは済みそうになかった。

「気になるなら電話でもすればいいじゃん……きっと忙しいんだよ、私たちとは立場が違うんだから」

『電話なんか、まるで俺が……いや、うちの新人の刑事たちが彼女の噂を聞いて、帰国したら一度飲み会に誘えないかって言うからさ……』

相変わらず分かりやすい男だが、元相棒のよしみで許してやることにする。「了解」と一言返し、吾妻が何か言う前に急いで電話を切った。

デスクに戻り、砂糖抜きの珈琲《コーヒー》を飲みながら有沢にラインを入れようとスマホで時刻を確認する。

13時前。ワシントンD.C.はマイナス14時間。

有沢は元々夜型だ。病気でもない限り、まだ起きている時間だ。

《お久！　帰国予定が決まったら連絡よろしく。吾妻が歓迎会を企画するそうです》

スタンプは思案顔のタヌキにハテナマークのイラスト。

せっかちな有沢からはすぐに返信があるのが常だが、就業時間を過ぎても既読にはならなかった。

小田急《おだきゅう》線狛江《こまえ》駅の改札を出た時、コートのポケットでスマホの着信音が鳴った。

有沢の返信かと思い切符売り場の脇でスマホを開くと、ラインは曜子からだった。

《魚松《うおまつ》さんからお刺身受け取って来てね。五千二百円なり。よろしく》

霞ケ関《かすみがせき》駅からの地下鉄を降り、代々木上原《よよぎうえはら》駅で小田急線に乗り換える時、いつも真帆は曜子にラインを入れる。

いつからだったか忘れたが、曜子が夕食を用意するタイミングを考え、連絡を入れるようになっていた。昨年、曜子が還暦を迎えたことがきっかけだったような気もする。

先刻、小田急線のホームで送信したラインは狛江駅に着くまで既読にならず、洋品店の客に占いのサービスでもしているのだろうと思っていたところだった。

[魚松]というのは、曜子が自宅一階で営む洋品店の斜向《はすむ》かいにある小さなスーパーだ。以前は鮮魚店だったことから魚は他の大手スーパーの物より上質であり、顧客には電話一本で魚を捌《さば》いてくれる。

曜子は週に二、三回は魚料理を作るが、刺身を用意する時はたいがい酒に付き合わされることになる。

曜子の酒癖は悪い方ではないが、少しばかり憂鬱《ゆううつ》な気分になった。

『誰でもいいから、早くカレシを……』で始まり、『られれもいいから、早くカレシろ……』でお開きになるのがいつもの事だから。

特上マグロと鯛《たい》の刺身を受け取り、三階建てのペンシルビルの外階段を上がっていると、二階にある玄関辺りから、賑やかな曜子の笑い声が聞こえた。

〈お父さん……？〉

真帆は実父の相沢博之《あいざわひろゆき》の顔を思い浮かべた。

博之は曜子の実弟で、お喋《しゃべ》りが好きな曜子と、苦手な真帆の性格は十分承知している。

〈助かった……これで早目に逃げられる……〉

けれど、リビングのドアを開けた真帆を迎えたのは、思いもしない人物だった。


「すみません、お邪魔してます」

啞然《あぜん》とする真帆に、有沢は笑顔で片手を挙げた。

「ど、どうしたの……いつ帰ってきたの？」

「つい先程。羽田《はねだ》から真っ直ぐこちらに……」

悪びれず指し示す方向に、大型のキャリーケースが置かれている。

「真帆、何突っ立ってるの。お刺身は？　有沢さん、お刺身が食べたいんですって」

「すみません……アメリカでは高級店でしか美味《おい》しいマグロが食べられなくて……」

「いや、そういう話じゃなくて……」

「前に椎名さんが、ご近所の魚屋さんのマグロがすごく美味しいって言ってたのを思い出したら、どうしても食べたくなって来てしまいました」

「てゆうか、羽田からならそっちのマンションの方が近いじゃん。飯田橋《いいだばし》だよね？」

有沢は曖昧《あいまい》な笑顔で頷《うなず》く。

「有沢さん、警部なんですって？　すごいわ……嫌々警察官になった真帆とは全然違うわ、やっぱり。真帆、とりあえずお刺身、お皿に盛って……あ、手を洗いなさいよ」

来客好きな曜子がいつにも増して浮き足立っている。そして、初めての来訪にもかかわらず、我が家のようにすっかり馴染《なじ》んでいる有沢を見て、真帆は久しぶりに幸福なため息を吐いた。

「私がお願いしたんです。椎名さんをびっくりさせたくて、帰ってくるまで内緒にって」

テーブルにある日本酒の四合瓶は小一時間で無くなり、そのほとんどを平らげた曜子は上機嫌で自室に引き揚げていた。

「よくウチが分かったね。前に教えたっけ？」

有沢はニヤリとして、最新型のスマホを取り出した。

「狛江のシイナ洋品店で検索できましたよ」

ああ……と納得する。曜子の水晶占いのおかげだ。

趣味からスタートした水晶占いだが、よく当たる占いのおばちゃんとSNSで評判になり、今ではちょっとした副収入を得ている。

「お邪魔してすぐに、私も占ってもらいました。近いうちに良い出会いに恵まれるって……」

ちょっと期待しちゃいますよね……と笑いながら、有沢は乾いた刺身に手を伸ばした。

「それで……まさか本当にマグロ目当てでうちに来たわけじゃないよね？」

いきなり真顔を向けると、笑っていた有沢もすぐに箸《はし》を置いた。

「バレてました？」

有沢という人物は、時には冷徹に見えるほど理性的で、もっと悪く言えば無愛想な女だ。他愛もない世間話や、ガールズトークを延々と楽しむタイプの人間ではない。

先刻からの有沢に、真帆はずっと違和感を覚えていた。

少しの沈黙の後、有沢は椅子に座り直し、改まった声を出した。

「実は、椎名さんにお願いがあるんです」

堰《せき》を切ったように話し始めるその内容は、真帆にとって予想外な仕事の依頼だった。

⌘

有沢は半年前に短期研修の名目で、ワシントンD.C.にあるインターポール（ICPO、国際刑事警察機構）アメリカ支部に出向していた。

だが、その研修内容は、有沢にとっては七係にいた頃よりさらに退屈でつまらないものであり、通訳や資料整理以外に仕事らしい仕事は全くなく、二週間もしないうちにストレスで不調を感じるようになった。

警察庁刑事局に勤務するようになってから、有沢には人間関係のストレスから休職した過去もあり、自己管理には必要以上に注意していたにもかかわらず、食欲が失《う》せ、体重は3キロも減少した。

気分転換のために、日課としてハドソン川沿いを走り始めたが、いつもしつこく並走してくるイタリア系アメリカ人に辟易《へきえき》し、それもひと月足らずでやめてしまった。

走ることをやめると再び不調になり、有沢はワシントン郊外の宿舎に引きこもる日々を送っていたが、先週、日本大使館の広報から大使主催の在留邦人親善パーティーへの招待状が届き、少しだけ心が動いた。

大勢の招待客で賑《にぎ》わうパーティーは大の苦手だったが、断る理由も見つからなかった。

その会場で、有沢は大使館に勤務する外交官の男に声をかけられた。

男は沢田《さわだ》広海《ひろみ》と名乗り、差し出した名刺には〈二等書記官〉の文字があった。

二等書記官とは、在外公館に勤務し、滞在国との交渉や調整、情報収集を担当する中堅の外交官の役職名だ。

普段の有沢であれば名刺交換だけですぐに場を離れるところだが、沢田は有沢の兄、東悟《とうご》の大学時代の先輩にあたると言い、思わず足を止めた。

《当時、私は大学院生でしたが、大学の新入生だった東悟君とは音楽鑑賞サークルで一緒になり、彼にオペラやクラシック音楽の薀蓄《うんちく》をよく聞かされたものです……》と沢田は親しげな笑顔を向けてきた。

話が私的なものになりそうだと感じ、有沢は曖昧に返事をして離れようとすると、沢田は笑みを消した顔を少し近づけ神妙な口調で言った。

《実は、公使の工藤《くどう》に関することで、有沢警部に極秘でお願いしたいことがあります》

言い終えて少し遠くに目を遣《や》る沢田の視線を追うと、いかにもインテリ風な中年男が、数名の外国人に囲まれて談笑しているのが見えた。

男は工藤秋馬《しゅうま》。現駐米公使で、有沢も渡米直後に一度だけ顔を合わせたことがあった。大使館に於ける公使は、トップの大使に次ぐポストであり、主に外交事務を取り扱う職務に就く。

大使の横川雅史《よこかわまさし》はおっとりとした知性派だが、工藤はどこか居丈高な雰囲気を纏《まと》っていて、有沢にとっては特に苦手なタイプだった。

その工藤が、近々日本で開催される日米合同航空祭に出席するため一時帰国することになったと、沢田は何故か沈痛な表情で語り出した。

航空自衛隊とアメリカ空軍による航空祭は、各年、米空軍基地である横田《よこた》基地と航空自衛隊入間《いるま》基地で交互に開催されている。

横田基地は東京都福生《ふっさ》市を含む5市1町に跨《また》る国内では最大級の米空軍基地であり、航空自衛隊入間基地は、横田基地に比較的近い埼玉県狭山《さやま》市と入間地域に広がっている。

今年の会場は入間基地だが、レセプションパーティーが航空祭前日に横田基地で催されることになっていた。

工藤はそのパーティー開催日に帰国し、翌日の航空祭に出席。数日後には再び米国に向け出発する予定だと言う。

《その際の工藤の身辺警護を、有沢警部にお願いしたいのです》

外交官の移動に警察官の身辺警護が付くことは、通常はあり得ない。

しかも、極秘にとは……。

訝《いぶか》る有沢に、沢田は更に声を潜めて言った。

《先日、航空祭の会場で工藤公使を殺害するというメールが届いたんです》

そのメールは、「入間基地の航空祭で工藤秋馬を殺害する」という一文のみで、大使館の広報文化センターのアドレスに届いた。

工藤が航空祭に出席することや、工藤本人の顔写真とプロフィールは駐米公使に就任時に外務省のホームページにも掲載されていて、全国の誰もが閲覧することができる。

当初、沢田は悪質な悪戯《いたずら》だと無視したが、連日それが続き、メールの送信元の特定を調査会社に依頼した。だが、一通ずつ別々の使い捨てアカウントが使われていて特定には至らなかった。

帰国の中止を提案する沢田に、工藤本人は幼稚な悪戯だと意に介さず、大使館内では帰国準備が着々と進められていた。

しかし、沢田は万一の事を考え、工藤を説き伏せ警視庁警備部に警護の依頼をした。

メールの差出人は工藤個人に恨みを抱く者か、それとも航空祭そのものの中止が目的のテロなのか――。

工藤本人は全く心当たりがないと言うが、殺害予告が本当だとしたら、会場にいる観客や自衛官たちが巻き込まれる危険性がある。

《この事は、工藤と私以外には広報の職員二名しか知りません。無論、彼らは信頼できる職員ですから、外部に漏れる心配はありません》

警視庁警備部ＳＰには、羽田到着から横田基地への移動、翌日の入間基地航空祭出席、同日午後、再び羽田までの警護を依頼したという。ＳＰは三名。通常の大臣クラスにつく人数とほぼ同じだ。

それなら自分に依頼する必要はないのではと問う有沢に、沢田はその意外な真意を打ち明けた。

《実は、工藤は羽田から米国に真っ直ぐ戻るわけではないのです》

工藤の公的な一時帰国は、あくまでも入間基地での日米合同航空祭に出席することだ。

だが、その後極秘に出身地である北海道千歳《ちとせ》市に移動し、地元有力者と私的な会合を持つのが本来の目的なのだと、沢田は皮肉めいた視線を再び工藤の方に走らせた。

《工藤は、次期都知事選に出馬するんです》

工藤の駐米公使の任期は三ヶ月後の六月末。その後は退官し、それから約半年後にある東京都知事選への出馬を目指していて、地元での会合は選挙資金の調達を始めとする支援要請が目的だと言う。

出馬の意向はまだ公表しておらず、大使館内でも極少数しか知らない事実だ。

《殺害予告がその事に関係あるのか、全く別な個人的な恨みによるものなのかは分から

ないのですが、航空祭で何事もなくても、その後のスケジュールを警護なしで動くことには不安があるのです》

沢田が言うとおり、航空祭でテロが失敗に終わったとしても、犯人を確保できなければ――あるいはその共犯者が――工藤を追い千歳市で凶行に及ぶ可能性も考えられる。

《今回は航空祭参加だけでワシントンに戻ってくれたらいいのですが、出馬するためには何より地元の支援、つまり資金調達、そして与野党いずれかの政党の推薦が必要だと工藤が譲りません》

千歳行きは私的な目的のため、国の機関を使えば選挙に悪影響を与える。沢田は民間SPを雇うことを提案するが、猜疑心《さいぎしん》の強い工藤が難色を示していた。

事実上公使の秘書も兼任する二等書記官の沢田だが、公使の私的な案件では直《じか》に外務省に相談するわけにはいかず、インターポールに所属しているカナダ人の知り合いに相談したところ、有沢が研修に来ていることを教えてくれたのだと言う。

《東悟君の妹さんが警察キャリアだということは大学の友人から聞いてはいましたが、まさかアメリカでこんなご縁に恵まれるとは思いませんでした……》

依頼の具体的な内容は、有沢の信頼する知人や同僚たち数人で警視庁SPとは別の警護チームを結成し、航空祭のみならず、その後の千歳市滞在から米国に戻るまでの警護を頼みたいということだった。

《あくまでも、表向きは私人の協力者という形でお願いしたいのです》

殺害予告は別として、工藤の私的目的のためにそこまで尽力するのは何故かと有沢が問うと、沢田は初めて小さなため息を吐いた。
《私を駐米大使館勤務に推薦してくれたのが工藤なんです》
沢田は外務省に入省した時から、当時は北米局参事官だった工藤の下で働いていた。工藤のその人となりの全てを尊敬しているわけではいが、キャリア官僚の身に甘んじることなく己の野望を剝《む》き出しにし、公使にまで上り詰めた工藤に憧《あこが》れていたのだと、沢田は照れ臭そうに笑顔を作った。
《有沢警部、どうかご協力ください》
その時、すでに有沢の頭には二つの顔が浮かんでいた。

⌘

「私と……吾妻巡査部長？」

こうして羽田から直行したのだから聞くまでもなかったが、真帆は冷めたほうじ茶を啜《すす》りながら尋ねた。

「はい。電話やメールでは外部に漏れる危険もあるので、直接お話ししたかったんです」

有沢は、以前のスマホを水没させてしまい、それまで怪しい非通知電話やショートメールが頻繁にあったこともあり、買い換える際に電話番号やメールアドレスも変えてしまったのだと言う。

「それならそうと連絡してくれないと。吾妻が何かあったのかって心配してたよ、うるさいくらいに」

「すみません。とにかく帰国するまで忙しかったもので……吾妻巡査には椎名さんからお願いしてもらった方がいいかなと」

「吾妻はあなたに頼まれたら断らないじゃん。這《は》ってでも行くに決まってるよ。でも、私はけっこう抱えてる仕事が……」

「一課ではろくな仕事がなくて退屈していたんじゃないですか？」

「バレてた？」

「何言ってるんですか、先月までメールで愚痴ってたじゃないですか。それに……」

何だか嬉《うれ》しそうですよ、椎名さん、と有沢は笑った。

確かに、断ることなどあり得ない。不謹慎と言われようと血が騒ぐ。

話の途中から、すでに頭の中は騒がしくなっていた。

「大使館職員の誰かが対抗馬の誰かに情報を売って……その対抗馬の支援者が脅迫？」

真帆が独り言のように呟《つぶや》くと、有沢はすぐに首を左右に振った。

「職員からの漏洩《ろうえい》は有り得ませんね。出馬することも知っているなら工藤のパソコンがハッキングされたか、電話が盗聴されていたかも……」

「脅迫メールの送信元は？　海外の何箇所も経由していたら特定は難しいだろうけど」

「それは、兄に調べてもらっていますが、時間がかかりそうです。本庁のサイバー犯罪対策室に依頼するよりは兄の方が早いと思いますけど」

以前、有沢と殺人事件の捜査をした際、ネット内の有力な情報を東悟が探し当ててくれたことを真帆は思い出した。

典型的なネットオタクということだが、詳しいことは知らされていない。

「でも、殺害予告が本物だとしたら、航空祭までに犯人に辿《たど》り着けるかは疑問です」

有沢が眉間《みけん》に皺《しわ》を寄せて考え込む。

航空祭は四日後の日曜日。

「沢田氏は、航空祭後も警視庁に警護を依頼して大ごとにするより、非公式の警護チームを作って千歳に渡り、その後無事にアメリカに戻すことが自分の仕事だと……」

話を聞いていて、真帆は先刻から何か釈然としないものを感じていた。

「非公式の警護チームね……結局、警察官を動員させるなら、警視庁SPでも同じでしょ？　公的機関を私的目的で使うわけだから」

「工藤氏はもちろん、沢田氏が懸念しているのはマスコミなんです。まだ知名度も高くない工藤氏ですけれど、都知事選出馬の戦略に警察を利用したとなったら結構な騒ぎになるはずです」

「警察にとっても、痛手というわけか」

「その方が大きな問題になります」

工藤個人が失脚しても、警察としては全く問題にはならないはずだが、迂闊《うかつ》にも個人の選挙活動に協力したとなれば別だ。

外務省は首相秘書官を輩出することのできる省庁のひとつであり、政治に大きな影響力を持つ。当然、警察庁の上層部とも密接な関係があり、互いの権力を牽制《けんせい》しながらも秘密裏に協力し合う事も稀《まれ》ではない。

「過去にマスコミにリークされた他省との癒着問題がありましたけれど一瞬で潰《つぶ》されて、今はネットで検索しても何も出てはきません」

「あなたの立場は大丈夫なの？　休暇届を出して帰国したとか？」

「いえ、当然私は上の許可を取っています。私人として協力するとしても、全く上に報告しないで動くわけにはいきません」

航空祭では警視庁SPと共に警護にあたり、SPが外れる千歳市では、周囲に警察関係者と悟られなければいいのだと言う。

「椎名さんにも、航空祭の要人警護として一両日中に直属の上司から通達があるはずです。航空祭後の行き先はもちろん上司は知らないはずですが」

「はあ……」

それでは最初から断る選択肢はなかったということではないか。

「私と椎名さん、吾妻さん……もう一人いると四方に目が届きますね。椎名さんの知り合いで誰か信頼できる方はいませんか？」

「それこそ、あなたの上司から優秀な警察官を選出してもらうのがいいんじゃない？」

有沢は即座に首を左右に振る。「そう言われると思いましたけど、私たちと初対面の人物では駄目だと思います」

事が起きた時に、互いの行動を瞬時に予測し、それぞれの職務を全《まっと》うすることが警護対象者を救うことに繋《つな》がるのだと、有沢は言葉を続ける。

有沢の言うことはもっともだ。たった数日で信頼関係を結ぶのは難しい。

だが、本庁では重丸以外に親しい者はいない。

「新堂班長は立場上無理だし、フルさんだと瞬発力に問題あるかも……まあ、吾妻と相談してみる。他の班に適任者がいるかもしれないから」

お願いしますと頭を下げて、有沢は立ち上がった。「千歳まで何事もなければいいんですけど……椎名さん、北海道って行ったことあります？」

身支度をしながら、有沢は声の調子を変えて言った。

「ううん……まだ一度も」

「不謹慎ですけど、ちょっと嬉しいです。私、高校の修学旅行で一度だけ……」

言いながら、靴を履いて振り向いた有沢が笑顔を作った。

「空も空気も、すごくきれいですよ」

あ……。

その瞬間、一つの名前が真帆の頭に浮かんだ。

「じゃ、明後日また連絡します……あ、甘いものは控えてくださいね。伯母《おば》さん、心配してましたよ」

日付が変わる少し前、有沢は大型のキャリーケースを軽々と抱えて階段を下りて行った。

階下の道路に、見覚えのある車が駐車していた。

先刻、話の途中で有沢のスマホに着信があり、一旦《いったん》電話を切って誰かにメールをしていた事を思い出す。

運転席の人影は暗くて見えなかったが、おそらく有沢から迎えを頼まれた誰かだろうと思った。

〈お兄さん……？〉

二卵性双生児の兄、有沢東悟か……。

挨拶《あいさつ》すべきか迷っているうちに、有沢は素早くキャリーケースごと車内に消え、三年ローンで購入したという有沢の愛車、シルバーのJ・レネゲードは、あっという間に走り去った。

曜子は真帆たちに気を遣ったのか、あれから一度もリビングには顔を出さず、すでに寝入っているようだった。

シャワーを浴びて自室のベッドに転がってはみたが、眠気はやって来そうにない。

久しぶりに、身体中の細胞が生き生きと動き出したのが分かる。

スマホの時刻は0時34分。

少し躊躇《ためら》うが、このまま目を閉じてもとても眠れそうになく、一度傍に放ったスマホに手を伸ばした。

何年振りかにその番号をタップする。

先刻、有沢との会話の中で思いがけずに浮かんだ名前だった。

相手が誰であろうと、コール音を三回聞いても相手が出ない場合は遠慮することにしているが、期待よりも懐かしさが勝り、三、四、五回とコール音が続く。

けれど、その後も留守電に変わることもなく、一向に相手が電話に出る様子はなかった。

〈だよね……あれから一度も連絡してないからな〉

七回目のコール音が聞こえ、諦《あきら》めてスマホを閉じる。

忘れられていても仕方なかった。覚えていたとしても、深夜に突然かかって来た電話に躊躇《ちゅうちょ》なく出てくれるような間柄ではなかった……。

村田龍彦《むらたたつひこ》。大森《おおもり》湾岸署の刑事だ。

二年ほど前に、一度だけコンビを組んだ相手だ。

苛立《いらだ》ったわけでもないのに、残っていたアルコールの勢いのせいか、ベッドマットに放ったつもりが、スマホは勢いよく机の角に当たり、派手な音を立てて床に落下した。

翌日の昼過ぎ、真帆は久しぶりに荻窪駅に降り立った。

足を向けていない僅《わず》かな間にも街の建物には変化があるが、その場所に流れる空気や温度の全部が自分を歓迎しているような気分になり、足の運びが勝手に軽快になる。

周辺の雰囲気に少し変化は見られたが、迷うことなく目指す店の前に行き着いた。

木製の重いドアを開けると、カウンター内から白髪のマスターが笑顔を向けてきた。

荻窪の路地裏にあるこのレトロな喫茶店は、新堂班ご用達《ようたし》の店だ。

私的な話し合いや、捜査で疲れた時の気分転換には最適な場所だ。

物静かな一人客が数人と、低く流れるオールドジャズ……。

変わらない雰囲気と珈琲《コーヒー》の香りに、昂《たかぶ》っていた神経が瞬時に緩むのを感じる。

「お久しぶりです。マンデリンをお願いします」

頷《うなず》いたマスターが目で指した奥のボックス席に、眠り込んでいる吾妻の姿があった。

「ねえ、寝ている場合じゃないんだけど」

吾妻の頭を軽く小突いて向かい側に腰を下ろすと、吾妻が薄《うっす》らと目を開いて不機嫌な声を出した。「おまえなぁ、俺の貴重な昼休みを奪っておいて、そういう言い草は……」

この男の話はいつも自分事に流れてしまうことを、真帆は嫌になるほど知っている。

「あのね、有沢さんから面白い仕事を頼まれちゃって」

「え……有沢さんが、どうしたって⁉」

途端に大声になる吾妻を制し、早口で有沢の帰国を伝える。

「帰国した⁉ 良かったぁ、無事で……」

同年齢でかつての相棒である吾妻は、巡査部長の肩書きを持つ。

昇格試験二回目の受験で合格したが、それからは何かにつけて真帆を部下扱いする。

容姿もそこそこ女子ウケするため、署内イチのモテ男と自負しているが、未《いま》だ決まった彼女には恵まれていない。署内の女子の間では、恋愛のトレーニングとして短期間付き合うには最適な人物と噂されているが、有沢に出会ってからは浮いた話を聞くことも無く、まるで少年のように有沢への憧《あこが》れを強くしている様子だった。

「それならそうと連絡くらい……」と、吾妻は拗《す》ねた顔でスマホを取り出した。

「彼女、電話番号変えたらしいから繋がらないよ。そのうち連絡が行くと思うけど」

帰国が決まってから、有沢はスマホを水没させたことを機にハッキングを用心し、メールアドレスも全て変えたと言っていた。真帆は昨夜のうちに知らされていたが、易々と教えてやるのは癪《しゃく》だった。

「ふうん……で、何だ、面白い話って」

身を乗り出す吾妻の背後に、聞き覚えのある声がした。

「何だ、おまえら、またこんなとこでサボりやがって」

古沢《ふるさわ》巡査だ。新堂班の古参の刑事で、真帆が最初にコンビを組んだ相手だ。

昨秋に退職する予定で送別会まで開いたが、その後に起きた事件の捜査で息を吹き返した。『まだまだ若い者には任せられねぇ』と、時代劇さながらのセリフを平然と口にする昭和のオヤジだ。

見慣れたくたびれたスーツ姿で、古沢は当たり前のように近づいてくる。

吾妻に目配せをし、「じゃ、私たちはこれで」と会釈をしながら席を立とうとするが、古沢は行く手を阻むように真帆の隣に腰をかけた。

「後から班長も来るから、ちゃんと挨拶して帰れよ」

はあ……と諦めて座り直すと、「おまえ、昼から早退したんだってな」と古沢は真帆の顔も見ずに言った。

「え？　どうして……」

「おまえンとこの係長な、うちの班長にいちいちチクってくるんだよ。早いとこおまえを引き取ってくれってことなんじゃねぇのか？……マスター、俺にホット」

昭和後期に青春を送った世代までは、温かいブレンド珈琲のことをホットと呼ぶ者が多いらしい。

久しぶりの古沢のダミ声は古巣に帰った安心感を与えてくれるが、しみじみしている場合ではなさそうだ。

「そんでな、吾妻もデスクにいないから、きっと二人ともここだろうって、班長が」

古沢は電子タバコを取り出した。

意外そうな目つきの真帆に、古沢は「カミさんがコレなら許すって言うんだよ」と照れたように言う。

「それで……班長やフルさん、何か私に……？」

「まさか椎名をこっちに戻すって話じゃないですよね」

吾妻が少しうんざりした調子で言った時、ドアベルが聞こえて新堂の姿が見えた。

新堂は片手を上げて近寄り、吾妻の隣に腰を下ろして「マスター、ホットね」と声を上げた。


「班長、私、こっちに戻れるんですか？」

挨拶もそこそこに、真帆はいきなり聞いた。

「ん？　何の話だ」

「班長、俺、また椎名と組まされるんですか？　嫌だなぁ」

吾妻が情けない声を出すと、古沢が「班長、こいつらよほど相性が悪いんだな」と珈琲をズッと啜《すす》った。

「そうなんですか⁉」

ようやく帰れるのかと思った瞬間、真帆は新堂の複雑な表情に落胆する。

案の定、新堂は「俺もそろそろ、と考えてはいたんだが……警察庁の有沢警部から、おまえたちを借りたいって連絡があって、そのすぐ後に、エラソーに八係の係長……なんつったっけ？」

「鵜沢係長ですけど」と真帆が答える。

「そ。ソイツが、警察庁のお偉いさんからの指示だから、即刻対応するようにと」

「班長、それってどういう話なんだ？」と古沢がまた電子タバコをセットする。

「それが、俺にも詳細は分からないんだ。ま、そのウザい係長も詳しいことは知らない様子だったけどな」

新堂の言葉が途切れ、新堂と古沢が同時に真帆に顔を向けてきた。

「大きな声では言えない話なんですけど……」

真帆は有沢から依頼された要人警護の話を説明した。

「面白そうじゃないか。要人警護なんて俺たち所轄の刑事に回ってくる仕事じゃないからな」

「じゃ、班長、俺も北海道に行って大丈夫ですよね？」

「ああ、どうせ今は手が足りてるし、署長には実家の法事に出席のため、とか何とか言っておくよ」

「え？　それじゃ、出張費出ないじゃないですか？」

それまでニヤニヤしていただけの古沢がガハハと笑いながら言う。

「おまえな、苦労は若いうちに……って言うだろうが」

そんなぁ……と、肩を落とす吾妻を、真帆は軽蔑《けいべつ》の眼差《まなざ》しで見る。

「有沢警部の依頼だもん。ボランティアでも行くでしょ？」

「それとこれとは別の問題だ」

「服務規程に違反しない形の謝礼は出るかもって、有沢警部は言ってたよ」

「謝礼ね……心許《こころもと》ないワードだな」

「じゃ、私一人で」

「いや、誰も嫌だとは言ってない。おまえ一人に有沢警部を任せられないし」

「警護対象者は有沢警部じゃなくて、外交官の工藤公使と秘書の沢田書記官だよ」

あれ……？　と、新堂がカップを置いた。

「沢田書記官って？」

「二等書記官の沢田という人です。工藤氏が在米公使に就任した時に一緒に渡米したらしいです」

「男か？　若いのか？」「知らないって。そこまで聞いてないよ」「沢田、何て言うヤツ？」「聞いてないよ。会えば名刺くらいもらえるんじゃない」「イイ男か、妻子持ちだったりして」「どうでもいいじゃん」「よくない！」

「おまえら、いい加減にしろ！」

古沢に一喝されて消沈する吾妻の横で、思案顔で天井を見つめている新堂に気づいた。

「二等書記官……沢田……」

ふうん……と、新堂は首を傾げて、再びカップを取り上げた。

「班長、何か……？」

「あ、いや……二人ともヘマしないように頑張れよ。土産は気にしなくていいからな」

海鮮なら何でもいいけど、と新堂は珍しく豪快に笑った。

警部補　I

使用していない会議室に、簡易ベッドが数台並んでいる。

それぞれが大部屋の病室のようにカーテンで仕切られていて最低限のプライバシーは守られているが、先刻まで部屋の奥から数人の刑事たちの囁《ささや》く声が聞こえていた。

彼らは、数日前に起きた強盗殺人事件の捜査員たちのようだ。

自分のような準キャリアが、連日のように夕食時以降から朝方まで仮眠室にこもることに、深夜まで捜査にあたる刑事たちが何を言っているのかは考えずとも分かっている。

相変わらず古参の刑事たちとも親交は無く、この一年余りの間に警部補に昇格したこともあり、周囲の態度を以前に増して冷ややかなものに感じていた。

昇格してからは事件の捜査で歩く機会もなく、捜査員から上がってくる情報の整理やそれによる捜査方針の提示をするだけの退屈な日々が続いていた。

本来であれば数人の捜査班の班長になるべき立場であったが、人手不足を理由に、いまだに［村田班］は作られていない。

捜査に実際に加わるわけではなく、管理職の村田が仮眠室で夜を明かす必要はないのだが、他の刑事たちは勿論《もちろん》、署長や課長も見て見ぬふりをしていた。

定時に署を後にすれば、あの殺風景な官舎に戻るだけだ。

最近、最寄りの商店街に行きつけの定食屋ができたが、この時期は歓送迎会などの宴会が多く、しばらく足を運んではいなかった。

村田の日常で変化したことといえば、その定食屋に通うことと、週の半分はこうして他人の寝息を聞いて夜を明かすことくらいだった。

以前はどんなに遅くなろうと自分の部屋のベッドでなければ眠ることができなかったが、いつからか、官舎の一人部屋には必要以上の寂寥《せきりょう》感を覚えるようになっていた。

仮眠室が居心地良いわけではない。

自分を厄介な腫《は》れ物のように扱う署員たちに対する意地のようなものもあった。

だが、最近はそれも薄れ、単に官舎に帰るのが面倒になったこともある。

気がつくと、話し声は止み、代わりに誰かの寝息が室内に響いている。

明日は非番だ。有給休暇もしばらく取ってはいない。

久しぶりに映画館にでも足を向けようかと思った途端、その考えに苦笑する。

まるで退職後の高齢者のようだとため息を吐くが、上映中のリストを検索しようと枕元の公用スマホを取り上げると、思いがけない人物からのショートメールに気づいた。

《明日、時間があったらちょっと会えないか。荻窪まで来てもらえると有難い》

荻窪東署の新堂警部補だ。

新堂とはしばらく顔を合わせていなかったし、それどころか、電話一本、メール一通も交わしてはいない。そのまま縁が切れてしまったと思っていたから、胸の辺りが少し温かくなってくるのを村田は感じた。

すぐに、了解の返信をする。

〈そうか……あれからもう二年近く経つのか〉

新堂との出会いは、杉並《すぎなみ》区井荻《いおぎ》で起きた殺人事件の捜査に参加した時だった。

本来なら大森湾岸署の刑事が捜査に加わる事案ではなかったが、村田自身が捜査への参加を強く希望したのだった。

そういえば……。

あの椎名巡査は相変わらず捜査で走り回っているのだろうか、と即席コンビを組まされた相方の顔を思い浮かべる。

新宿近辺に出向いた際、椎名と共に聞き込みに歩いた日々を思い出したりしたが、それもいつしか遠い記憶になっていた。

あえて忘れようとしたわけではない。

だが、あの事件の記憶を全部取り出せば、嫌でも感傷的な気分になり、その夜は普段より多くの缶ビールを空けることになるのは間違いなく、それを無意識に避けているのかもしれなかった。

絞殺された被害者三人は、その片耳を削《そ》がれていたという猟奇的な殺人事件だった。

最初の被害者は村田のよく知る女性だった。

村田が大学生の時、心を病んで自死した妹の、親友だった女性だ。

その被害者が妹の死に関わっているに違いないと、当初から村田は疑っていた。

もしかしたら自殺ではなく、事故か誰かに殺《あや》められたのではと――。

その真相を知るのは彼女だけだと思い、長年その行方を捜していたのだった。

無論、事件関係者の警察官が捜査に加わることはできない。被害者が親族ではないとしても、それが明るみに出れば普通は捜査から外される。

その事実を隠したまま、他署の捜査に参加し刑事としての経験を積みたいと課長に申し出ると、意外にも課長はあっさりと快諾したのだった。

当時、村田は大森湾岸署では浮いた存在だった。

古参の巡査を中心に統制が取れていた刑事課に、新人でありながらも準キャリアの巡査部長が配属されたのだから無理もなかった。

準キャリアの警察官とは、国家公務員採用一般職試験に合格し、巡査部長からスタートするエリート警察官のことだ。

課長と荻窪東署の新堂警部補が同期だったこともあり、翌日には臨時の捜査員として新堂班の捜査に加わることになった。

荻窪東署の刑事たちの反応は大森湾岸署のものと変わらなかったが、新堂班の刑事たちは少し違った。

誰ひとり村田を疎んじることがなく、ただの新米刑事として扱った。

今思えば、それだから捜査に没頭することができたのかもしれなかった。

だが、コンビを組まされた椎名は、村田が最も不得意とするタイプの女刑事だった。

『椎名が持つ独特の違和感はバカにできないからな』

新堂が言ったように、椎名の〈違和感〉はいつの間にか犯人《ほし》を追い詰めていた。

警察官としての正義感というより、無自覚な熱情が椎名を突き動かす瞬間を目の当りにした。

椎名は警察行政職員を目指して応募したはずが、間違えて警察官採用試験を受験してしまい、遺憾ながら警察官になってしまったという変わり者だ。三歳年上で確かに刑事としては先輩にあたるが、村田はその素質を疑わしく思っていた。

だが、もしかしたら、自分などより遥《はる》かに刑事としての能力に長《た》けているのかもしれないと、事件が解決を見る頃にはその椎名の性格を羨《うらや》ましく思うようになっていた。

けれど……。

椎名とは二度とコンビを組むことはないのだという、淡い感傷からの勘違いだったのかもしれない。

結局、殺害された妹の親友の口から真実を聞くことはできなかったが、彼女は妹の自死を幇助《ほうじょ》したのだと、村田なりに結論づけた。

事件解決後、大森湾岸署に戻る村田の送別会が開かれる予定だったが、双方の管轄区域で事件が連続して発生し、いつしか立ち消えた。

村田が事件に関する自分の過去話を打ち明けた時、椎名も送別会の時に自分話を打ち明けると言っていたことを思い出す。

『私にも負けないくらいハードな過去があるんだけどな……こっちも、めっちゃ長い話になるけど』と笑った椎名の顔は今でも思い出すことができる。

あの天真爛漫《てんしんらんまん》な笑顔の裏に、自分と同じくらい悲惨な過去があるとは思えないが、聞きそびれてしまったことは少し残念に思う。

本庁一課から視察に来た刑事たちが、『変な女刑事が荻窪から出向で来てるんだけどさ……』『ああ、八係に回されたあの無愛想な巡査か？』という会話を耳にし、椎名の一課への出向は知っていた。

あれから椎名のような刑事に会うことはなく、無論、他の刑事に羨望《せんぼう》や嫉妬《しっと》を感じることもなかった。

『北海道か……魚は旨《うま》いし空がきれいだから、一度は来た方がいいって言われたの』

村田の長い過去話を聞いた時、被害者の父親から言われたと言い、『いつか行ってみたいな……君は時々帰るの？　回転寿司《ずし》も東京の回らないお寿司のレベルだって？』と無邪気な笑顔を見せたっけ……。

村田はここ数年、一度も帰郷したことはなかった。

あの事件は解決を見たが、妹もその親友も生き返ることはない。

いつかは、あの青い空を見上げて笑える日が来るのだろうか……。

封印したはずの幾つかの顔や声が暗闇に浮かび上がる。

一気に蘇《よみがえ》った記憶を振り払うように、自分の匂いが染みついた毛布を頭から被《かぶ》り、村田は再び目を閉じた。

巡査　Ⅱ

普段より3時間以上も遅い帰宅に、曜子が怪訝《けげん》な顔を向けてくる。

「あら、一杯やって来たの？　デート？」

「違うよ、久しぶりに荻窪に行ったから、吾妻の愚痴に付き合っただけだよ」

嘘ではない。珈琲《コーヒー》店から新堂たちと荻窪東署に行ったのが運の尽き。うっかり夕方まで署の顔見知りたちと世間話に興じて気分良く署を出た途端、背後から走ってくる吾妻に捕まり、それから数時間、駅前の焼鳥屋でたっぷりと吾妻の愚痴と自慢話に付き合わされたのだった。

「いいじゃないの、愚痴を言い合える仲ってことでしょ。うまくやんなさいよ」

曜子に逆らっても時間と体力の無駄だ。

真帆は曖昧《あいまい》に笑い、ドーナツが入った箱を差し出した。

また甘い物を……と言いながらも嬉《うれ》しそうに受け取る曜子に、日曜日からの出張を伝える。

「ああ、昨夜有沢さんが言ってたアレね。北海道に行くことになるかもっていう話でしょ」

世間話の延長のように曜子は悪びれずに言い、「デカフェにする？」と話題を変える。

〈やっぱり、聞いてたのか……〉

どのみち、出張や外泊に関しては根掘り葉掘り聞いてくるはずだから、説明の手間が省けて話は早いが、お喋《しゃべ》り好きな曜子が外でうっかり口にしないとも限らない。

最近、週末には隣町の博之夫妻が営む［りんどう］で呑《の》むのが曜子の習慣になっている。

大衆食堂と居酒屋の間のような狭い小料理屋で、元々は博之の再婚相手の綾乃《あやの》が一人で営んでいたが、警備会社に勤める博之も週末には仕込みの手伝いをしているようだった。

曜子が酔った勢いで話したら、元警察官の博之は要らぬ心配をしてしまうに違いない……。

真帆の顔色に気づいた曜子が、ふふん、と鼻先で笑った。

「大丈夫、誰にも言わないから。博之にも内緒にするわ」

軽く頷《うなず》いて、曜子が差し出した紅茶を啜《すす》る。

「あんたたちの声が大きくて眠れなかったわよ。ようやくウトウトしてたら三階からすごい音が聞こえて目が覚めちゃったし……水槽でも割れたのかと思ったわ」

手元に置いたスマホを、真帆はさりげなく手で覆う。

「で、今日はどうだった？」

いつものように、今朝の水晶玉占いの話だ。

毎朝、曜子は真帆の一日の運勢を占うのがこの数年の習慣となっている。

半年くらい前まではそれとなく気になり、ラッキーカラーのハンカチやらボールペンを鞄《かばん》に入れて出勤していたが、最近は玄関のドアを閉めた途端、忘れることが多かった。

特に昨夜から興奮状態に陥っている真帆は、今朝の占いなど全く覚えてはいなかった。

曖昧に返事をし、まだ言葉を続けている曜子から逃れるように三階の自室に駆け上がる。

ベッドの端に腰を下ろしてスマホの着信履歴やメールを確認するが、昨夜しつこく電話をかけた村田からはもちろん、誰からも何も届いていなかった。

有沢は日曜日からの警備対策に追われているだろうし、吾妻も出張前に部下との打ち合わせがあると言っていた。

ぼんやりと、キャビネットの上にある水槽に目が行く。

少し前まで長生きのメダカが一匹だけ悠々と泳いでいたが、今は水も無く、ただのガラス箱になっている。

〈何だかな……〉

説明のつかない孤独感に、真帆は深々と息を吐いた。


翌日、一課に入室してすぐに、係長の鵜沢が手招きをした。

例の話だな、と察しがつく。

「刑事局からの依頼で、君に要人警護の補佐にあたるようにとのことだ……準備や打ち合わせもあるだろうから、明日から二日間の出張扱いとする」

釈然としない顔つきの鵜沢だが、厄介払いができて安堵《あんど》しているようにも見える。

「殺害予告があるわけだから、十分に周囲に配慮して警護の手助けになるよう、一課の代表という気構えで臨むように……」

訓示めいた言い方をして、「女性だからと言って尻込《しりご》みすることなく……あ、いや」と言葉を濁した。セクハラ、パワハラの定義をようやく習得したらしいが、相手が真帆でなければ瞬く間にネットで叩《たた》かれ、本人特定は時間の問題だ。

これまで問題なく出世しているのだから、おそらく自分と同じような心の広い女性職員に恵まれていたに違いない、と真帆は思う。

荻窪東署の古沢も似たようなものだが、古沢には言葉の中に確かな情があった。

「上からのお達しだが、何か問題を起こしたら私の責任になることを忘れてもらっては困るからな」という鵜沢の言葉には、一滴の情も感じることはできない。

けれど、上司が鵜沢のような男で良かったとも言える。

鵜沢や他の刑事たちに何を言われようと、この部署は一時の経験の場であると考えれば、去り際に後ろ髪を引かれたり、余計な感傷で涙を堪《こら》えたりすることも無い。

8時半から17時45分まで、昼休みを除いた時間をデスクに張り付いていれば良いのだ。

だが、明日からたった数日でもここの空気を吸わないでいられると思うと、休暇で旅に出るような解放感に包まれ、真帆は改めて有沢に感謝したい気持ちになる。

おそらく、鵜沢は航空祭当日だけの警護要員として真帆が指名されたのだと諒解《りょうかい》していて、その後の千歳行きは知らされていないはずだ。

だから、航空祭後の二日間は休暇届を提出するつもりだ。

何事もなく工藤が千歳から渡米したら、札幌《さっぽろ》や旭川《あさひかわ》にも足を向けたい。

不謹慎であることは重々承知だが、気心の知れた仲間との仕事は、今の部署での業務よりはるかに充足感を得られるし……何より、楽しいに違いない。

「今抱えている仕事は今日中に処理するように」と目も合わさずに付け加える鵜沢に素直に返事をし、広報部からのお溢《こぼ》れ仕事をいつもの数倍のスピードで処理し、鵜沢のパソコンにデータを送信して時計を確認する。

昼休み5分前。

小さくガッツポーズをして、真帆は急ぎ足で食堂に向かった。


北海道はまだダウンコートが必要か。

すでに半値になっているかもしれないとスマホで検索をしながら、自分へのご褒美ランチとして本庁一番人気のカツカレーを食べる。今日くらいは薄味の定食をパスしても許されるだろうと気分良くスプーンを動かしていると、手元に置いたスマホが小さく鳴って、有沢からのメールが届いた。

《当日の連絡です。入間基地正面ゲートに午前7時半集合。吾妻巡査に連絡よろしく》

了解の返信をし、吾妻に転送する。予想通りすぐに着信があり、真帆はため息を吐いた。

〈どんだけ暇なんだよ……〉と声に出さずに言い、一旦《いったん》電話を切ってからメールを送信した。

《ということで、当日の朝5時、家の前に車よろしく》

吾妻の電話の内容は聞かずとも想像がつく。

有沢から直接連絡が入らないことへの失望と不満。それと、有沢の新しい電話番号が知りたい……等、昨夜の繰り返しに違いなかった。

吾妻は恋愛に於《お》いて自分はベテランだと言い切ったことがあるが、有沢とは恋愛の入り口にも立っていないではないか。今までの自慢話は何だったのだろう……。

残っていたトンカツの欠片《かけら》を口に放り込んだ時、またしてもスマホが鳴った。

二度目はさすがに苛立《いらだ》った。「今、食事中。終わったらかけ直す！」と低く言うと、吾妻のどんよりとした声が聞こえてきた。

『あのな、それどころじゃないんだ。俺、明日行けなくなったワ……』

真帆がカツカレーを食べ始めた丁度その頃、荻窪東署に緊急通報があり、南阿佐ヶ谷《みなみあさがや》の青梅《おうめ》街道沿いにあるコンビニに、包丁を持った若い男が従業員を人質にして立てこもったということだ。

「また立てこもり……？」

『班長とフルさんが出張るつもりだったんだけど、署長が若いヤツを出せって……』

立てこもり事件の捜査は体力勝負だ。犯人が若ければ、丸二日間くらいの持久戦になることもある。

四ヶ月前に真帆が関わった事件以来、都内で似たような事件が多発していた。

犯人が金を奪って逃走に成功した事例は、こうして次の事件を誘発する。

『まだ詳しい状況は分かんないし、夜までに犯人を確保できても……』

少し遠くに古沢の怒声が聞こえ、吾妻は『おまえみたいにヘマするわけにはいかないからな。じゃ、また後で連絡する。有沢さんによろしく』と電話を切った。

吾妻の言うとおり、仮に夕方までに犯人を確保し人質が無事解放されたとしても、その後に現場検証や事件関係者の事情聴取がある。とても二日後の航空祭には間に合わない。

巡査部長の吾妻は、それらの指揮担当にあたる新堂の補佐的立場だ。たとえ本当に実家で法事があったとしても、捜査から外れるわけにはいかないのだ。

〈昇格試験なんて受けるからだよ……〉

少しかわいそうに思ったが、残念がる吾妻の声の中には生き生きとしたものがあった。普段はどこか企業の営業マンのような吾妻だが、やはり自分などよりはるかに刑事に向いているのだろうと、今更ながら真帆は思った。

航空祭当日の日曜日以降から二日間の休暇届を出し、定時に庁舎を出た。

ネットニュースに新堂班が出張っている立てこもりの様子がライブで映し出されていたが、まだ動きはないようだった。

真帆は以前、殺人事件の捜査で当時コンビを組んでいた古沢と阿佐ヶ谷周辺を歩き回ったことがあり、そのコンビニにも見覚えがあった。外見は他のチェーン店と同じだが、ビジネスホテルの建物の一階にあり、ホテルのロビーに直結している。ヘリからの俯瞰《ふかん》映像にはホテル正面入り口やロビー内にも警官の姿が見られ、裏手にあるマンションとの間の狭い通路にも複数の捜査員が張り込んでいた。

真帆が始末書を書かされた事案のように、犯人が易々と裏口から逃亡することは無さそうだった。

どんなに剛健な若者でも、明朝までには白旗を揚げるに違いない。それまでに人質や捜査員に危険が及ばなければいい。

明日中に解決すれば新堂が吾妻の途中参加を許可する可能性もあるが、真帆のように独断で決行するほど吾妻は無茶ではない。

運良く地下鉄も小田急線も座ることができ、移動中ずっと吾妻に代わる警察官の候補を考えていた。

昼休みに受けた吾妻の電話後、すぐに有沢に連絡を入れた。有沢はそれほど残念がる様子もなく、自分も補充員を探すということだった。

他署の刑事が非番でもなければ参加するのは難しいし、真帆が最初に勤務したのは町《ま》田南《だみなみ》署の交通課で、刑事の知り合いはいない。それ以降は荻窪東署に異動になり、新堂班の一員として現在も在籍中だ。一年半ほど前から警視庁捜査一課に身を置くが、あくまでも短期出向であり、周囲の刑事たちと気軽に話ができる状況ではなかった。

せめて女性刑事が身近にいればと考えたこともあったが、自分のデスクの遥《はる》か向こうにパソコン作業をしている中年女性がいたものの、その寡黙で無愛想な感じに、真帆から声をかける勇気はなかった。

《明後日、航空祭での要人警護の仕事をお願いしたいのですが》

逡巡《しゆんじゆん》した結果、村田宛てにショートメールを入力するが、送信するのを躊躇《ためら》った。

現在、村田が事件捜査に忙殺されているなら、煩わしく迷惑な話だろうとは思う。

〈やっぱりアイツとは縁がなかったんだな……〉

せめて不在着信の折り返しくらいは……と恨めしい気持ちでメールを消去する。

口頭で要人警護の内容を伝え、在米公使の殺害予告があると話せば協力してくれる可能性も……と期待したが、狛江駅到着のアナウンスが流れても、小さなヒビが入ったスマホのディスプレイは光らなかった。

警部補 Ⅱ

村田に気づいた新堂が、覚えのある笑顔を向けてくる。

「警部補に昇進したんだってな、おめでとう！」

はあ、と一応頭を下げるが、昇格試験を受けたわけではないことは新堂も知っているはずだった。

巡査部長からスタートする準キャリアの警察官は、短期間で自動的に警部補に昇進するからだ。だが、新堂が皮肉を言っているのではないことは分かっている。新堂は、村田が最も心を許せる刑事であり、尊敬に値する先輩だ。

「晩飯まだだろ？　ナポリタンでも食うか？」

その心地よい言葉のリズムは、久しぶりに会う親戚《しんせき》のもののように感じてしまう。

「いきなりメールして悪かったな。元気でやっているって、噂では聞いてたよ」

噂の内容はおそらく想像通りだろうが、黙って頷《うなず》く。

「何度か電話したんだけど出られないみたいだったから、こっちの方が話は早いかなと」

新堂が公用スマホを取り出して見せる。

警視庁から支給されるスマホは、村田の物と同型だ。

「あ……すみません。自分、今は仕事の連絡しか電話がかかって来ることがなくて……」

昇進して支給された公用スマホ以外、最近は使用していなかった。

個人のスマホはもう長い間、自室にある充電器に繋《つな》いだままになっている。

節約のためではない。元々、電話が苦手だということもある。緊急でもなければ、自分から誰かに私的な連絡をすることなどないからだ。

突然かかって来る電話にろくな話はない。大方は保険の勧誘や間違い電話だから、唯一の身内である函館《はこだて》の叔母《おば》にも公用スマホの番号を伝えてあった。

新堂はさほど驚きも見せず、「相変《あいか》わらずだな」と軽く笑った。

店内に漂う珈琲《コーヒー》の香りに、頭の芯《しん》が和らいでくる。

二年ぶりに荻窪駅に降り立ち、新堂が指定した喫茶店にたどり着くのに少し迷った。

忘れていたわけではなかったが、二年の間に周囲の景色が様変わりしていたからだ。

指定された時間に遅れたわけを伝え、再び頭を下げた。

「ああ……前は隣のビルがなかったからな。署でも良かったんだが、昼から管内で事件があってバタバタしてるから」

「あ……コンビニで立てこもり事件があったみたいですね」

大森にも一報が入っていた事を思い出す。

「うん。まだ頑張ってるみたいだけど、時間の問題だろうな」

「大丈夫なんですか？　班長がこんな所で自分と会っていて……」

「課長が張り切って出張ったから、俺がいたらやり辛《づら》いだろう？」

アレは点取虫《てんとりむし》だからな、と新堂は軽く笑う。

「それに、ここの方が君は落ち着くと思ってな」

いや、俺が……と、火の無い煙草を挟んだ指で額を掻《か》いた。

あの時も同じように、新堂の指に煙草が挟まれていたことを思い出す。

「あれから、妹さんの墓前に報告しに行ったりしたのかな」

「いえ、向こうにはまだ……自分はそういうタイプではないので」

麻里《まり》の墓はまだ無い。

そうか、と新堂はそれ以上尋ねることはなく、「ちょっと君に頼みたいことがあってな」と視線を合わせてきた。

「はい。自分に出来ることであれば」

「君なら引き受けてくれるかなと思ったんだ。だが、興味が無かったら断ってくれてもいい」

新堂はそう言い、脇に置いてあった角封筒をテーブルの上に差し出した。

「何ですか、これは」

「一年前にうちの管内で起きた交通事故の捜査資料だが……ずっと気になっていた事があってな」

「交通事故……ですか？」

訝《いぶか》る村田の顔を見て、「その様子じゃ、ろくに寝てないだろ？　家に帰って一眠りしてから読んでくれてもいいが」

「いえ、大丈夫です。前のように捜査に歩き回るわけじゃないので」

「それなら、君は歩き回っていた方が健康なんだな。ま、椎名や吾妻もそうだが」

俺の班は、そういう奴らばっかりだな、と笑う。

〈それは、新堂さんが班長だから〉口元まで上がってきた言葉を呑《の》み込む。

新堂の下では誰もが全力で体を使うことを厭《いと》わない。

二年前に新堂班で捜査して、それらの姿を目の当たりにした。

「皆さん、刑事ですから」

そう言うと、新堂は笑顔のまま頷き、ようやく煙草に火を点《つ》けた。

さすがに官舎に着く頃には、階段を上がる両脚が少し震えた。

上京した時に揃えた安価なベッドに、村田は重い腰を下ろした。

スマホの時刻表示は後数分で日付が変わる。

荻窪で新堂と別れてから再び大森湾岸署に戻り、村田は七日間の有給届を提出した。

新堂の依頼に応《こた》えるには、それだけの時間が必要だと思った。否《いや》、不十分の可能性もある。

すでに23時を過ぎていたが意外にも残業していた課長の姿があり、嫌味のひとつも言われるだろうと思った。だが、課長は届をあっさりと受理し、「故郷《くに》に帰るのか?」と軽い調子で訊《き》いてきた。村田は曖昧《あいまい》に頷いて頭を下げた。

シャワーを浴びてベッドに転がってみたものの、脳が覚醒《かくせい》して寝つかれそうになく、鞄《かばん》の中から新堂に託されたA4サイズの角封筒を取り出した。

この案件なら一人で捜査ができる。他人と歩調を合わせなければならない捜査よりずっと気楽で、その内容にも興味をそそられた。

先刻、新堂から詳細な説明を受けたが、改めて捜査資料のページを繰った。

それは、今から約一年前に起きた乗用車とトラックによる衝突事故の実況見分調書と、被害者の供述調書のコピーだった。

場所は杉並区高井戸《たかいど》東の都道環状八号線。通称「環八《かんぱち》」。

羽田空港付近を起点に主要高速道路に接続し、北区赤羽《あかばね》に至る東京都の大動脈のひとつで、早朝から深夜まで交通量が多いことでも知られ、当然休日は長時間にわたり各所で渋滞が発生する。

事故は、品川《しながわ》方面に向かう上り車線を走行していた乗用車が雪道でスリップして反対車線に飛び出し、板橋《いたばし》方面に向かって走行していたトラックと衝突したというものだ。

時刻は深夜2時過ぎ。

当日は夕方から小雪が舞い、前々日から三月初めにしては観測史上初めての大寒波に見舞われていた。

道路の表面にパウダー状の雪が積もり始めていて、その下に隠れている硬い残雪を警戒し、走る車両は上下線ともいつもの半数近くだった。

東京は雪が積もることは稀《まれ》で、当然スタッドレスタイヤを装着している車両は少なく、どの車両も減速を余儀なくされた。結果、数台を巻き込む大事故には至らずに済んだ。

死亡者は乗用車を運転していた三十代の女性一名。助手席に同乗していた男性は肋骨《ろっこつ》数本と右大腿部《だいたいぶ》骨折などで全治三ヶ月の重傷を負った。トラックは中型の4トン車で、走行中、反対車線より回転しながら中央分離帯を越えて来た乗用車の側面に衝突。トラックの運転手は軽傷で済んだ。

添付されていた事故現場の数枚の写真は、どれもその衝突の激しさを物語っている。

事故原因は、乗用車を運転していた女性の過失運転とある。

同乗していた男性は救急病院に搬送され、重傷ではあったが意識は明確であり、翌日病室での事情聴取により、供述調書が作成された。

【私と彼女は初夏に結婚式を挙げる予定であり、その日は私の友人宅に披露宴の相談のために訪問し、ワインやスコッチを痛飲しました。帰る頃には私が酩酊《めいてい》していたため、飲酒しなかった彼女が運転を代わり、二人で住む世田谷《せたがや》のマンションに帰るところでした。

私は雪道にもかかわらず普通タイヤで走行することが不安で、タクシーに乗り換えるか運転代行を依頼しようと訴えましたが、彼女は北国育ちで雪道の運転には慣れていると主張し、実際、環八に入るまではスリップすることも無く、静かに走行していました。けれど、事故の数分前から結婚式の招待客に関することで口論となり、激昂《げっこう》した彼女が急にアクセルを踏み込んだのです。恐怖を感じた私が降ろしてくれと懇願すると、今度は彼女がいきなりブレーキを踏んだのです。その後のことは記憶が曖昧ですが、タイヤがスリップして視界が回転し、大きなクラクションの音と眩《まばゆ》い光が近づいたことを覚えています】

検察官による検視が行われたが、女性は下半身挫滅《ざめつ》、頭部裂傷の即死状態であり、男性の供述からも事件性は疑われず、翌日、遺体は家族に引き渡された。

『この事故の何を調べるんですか？』

数時間前、この資料を読んだ後、村田は新堂に尋ねた。

『全部。改めて現場検証と乗用車に乗っていた男女の身辺調査を頼みたいんだ』

新堂は当時から疑問に思うことがあったが、事件性を疑う確たる証拠もなく、交通課課長の判断で処理されてしまったと言う。

『交通課の仕事に口出すなって怒鳴られて……まあ、ウチの課長とアッチの課長は犬と猿だからな』

交通事故の捜査は、交通事故事件捜査担当係の仕事だ。

だけどな……と、新堂は三本目の煙草を灰皿に押し付けながら言った。

『悪条件が揃い過ぎているのが、気に入らない』

『揃い過ぎている……？』

すぐには分からなかった。

その答えを、新堂は調書も見ずに説明した。

乗用車の車種は１９９７年イギリス製のローバーミニ。

所有者の男性は外国製クラシックカーの愛好者で、カーナビやドライブレコーダーは装備していなかった。

だが、事故の際に衝撃から身を守るエアバッグは助手席のフロントとサイドに装備してあり、実際、男性は重傷を負ったものの二箇所のエアバッグが作動し一命を取り留めた。しかし、運転席にはエアバッグが装備されていなかった。

男性はできるだけ最新の装備を避けた仕様の車を好んでいたが、同乗者のために、助手席のフロントとサイドにはエアバッグを装備していた。

事故現場は交通量の多い幹線道路だが、当日は悪天候のため走行車両は少なかった。大寒波、雪道、ドライブレコーダーと運転席のエアバッグ無装備……。

確かに、悪条件が揃っている。

『目撃者のSNSへの書き込みや動画、当時走行していた他車のドライブレコーダーは確認したんでしょうか？』

『幾つか動画が提供されたようだが、調書に記載されている以外はないだろう。交差点だったら事故の様子が詳しく分かるんだが』

車同士の追突事故の多くは交差点で発生している。近年、幹線道路の交差点には交通事故記録装置が設置されていて、俯瞰《ふかん》の映像で事故発生時の克明な状況が分かる。これによって当事者の説明に食い違いがないか判断できるようになった。

だが、現場は交差点からかなりの距離があり、映像には記録されていなかった。

『その他に、何か事件性が考えられる情報が？』

新堂が刑事としての勘を大切にしていることは知っている。だが、それだけで再捜査に動くはずがない。

『事故直後に匿名の通報があったんだ。あれは事故ではなく、死亡した女性は殺されたんだと』

刑事課にかかってきた電話は男性の声で、問いかけには答えずすぐに切れたと言う。それはその後も続き、ひと月に数度、同じ内容でかかってきた。

都内にある数箇所の公衆電話からかけられたものだと判明したが、刑事課では悪質で常習性の高い悪戯《いたずら》電話として相手にせず、無論、署の上層部に報告はされていなかった。

『それが昨年末から途絶えていて、ようやく諦《あきら》めがついたのかと思っていたんだが、先月、また急にかかってきたんだ』

『では、自分の仕事はその男を特定することですか？』

『それもあるが、まず俺が知りたいのは、事故前の車内の様子なんだ』

『車内の……様子？』

乗用車内の男女の会話や、事故に至るまでの運転操作が分かれば、男性の供述が真実かどうか分かるはずだと新堂は言う。

『しかし……その男性は被害者ですよね』

『自ら被害者になるはずがない……と？』

『じゃあ、班長はこの事故に事件性があると考えているんですか？』

あの時、新堂はおどけた表情を作り、『それを調べてもらいたい。君に』と四本目の煙草を指に挟んだ。

ドライブレコーダーが装備されていない車内の様子など、乗っていた二人にしか分からない。そして、一人は死亡しているのだ。

新堂は、同乗していた男性が故意に事故を起こした、あるいは起こさせた、と疑っているのか。

命懸けで故意に起こした事故であるのなら、その理由は何か――。

女性の殺害が目的だとしても、確実に死に至らしめる確証はない。ましてや、自身も命を落とす危険があるのだ。

捜査員が事件性を疑う際、真っ先に考えるのは、女性に多額の生命保険がかけられていた場合だが、この事故で死亡した女性の死亡保険金は三百万円ほどだったという。

しかも受取人は女性の母親で、仮に母親と共謀して折半が約束されていたとしても、自分の命を危険に晒《さら》してまで得たい金額ではないはずだ。

新堂の推測が真実なら、自分の仕事は事故当事者の身辺調査ということだろう。

二人の関係、それぞれの交友関係、事故発生前の二人の様子……。

確かに、『歩く仕事』に間違いない。

明日からの段取りを考えながら、村田は二日ぶりに飲むビールの缶を開け、ベランダへのガラス戸を引いた。

その事故が発生したのは今と同じ季節だが、昨年末に一度淡雪を見ただけで、今年はこのまま春を迎えそうだった。

『故郷に帰るのか？』

課長の言葉を思い出す。

故郷の大地は、まだ根雪が残っているはずだ。気温も東京より数度は低い。

先月届いた函館の叔母《おば》からの頼りに、そろそろ麻里の遺骨を納骨堂に納めたいと書いてあった。

本来なら旭川に住む実母が遺骨を引き取るべきだが、再婚した実母にその意思はなく、村田を育ててくれた叔母が預かってくれていた。

生存しているはずの実母に会うことは、これから先も決して無い。

後数年はできれば北海道には足を向けたくなかった。

だが、この捜査が終わったら、叔母のためにも函館には一度帰らなければと思う。

記憶の底で静かに眠っていたものが浮上しないように、村田はもう一度、実況見分調書を手に取った。

改めて、被害者と加害者の身元欄に目を移す。

死亡した女性は、水谷早苗《みずたにさなえ》三十六歳。

同乗していて重傷を負った男性は、沢田広海《さわだひろみ》三十四歳。

両名とも、外務公務員と記されている。

外務省に所属し、外交の仕事に携わる国家公務員だ。

『その沢田という男は二等書記官としてアメリカ大使館に勤務しているんだが、上司のお供で入間基地の航空祭に出席するため二日後に一時帰国するんだ。できれば滞在中に白黒はっきりさせられたらな』

沢田の帰国に合わせたかのようなタイミングで途絶えていた男からの電話が復活……。だから新堂は改めて再捜査の必要を感じたのだろうか……。

この事故の真実は、自分の想像を遥《はる》かに超えたところに着地するのかもしれない、と村田は直感的に思った。

巡査 Ⅲ

夢うつつで聞いた声は、誰のものだったのだろう。

階下の曜子の声か、それとも外から響く誰かの声か。

体調不良でもなければ、今日のような平日に二度寝することは許されない。いつもはアラームで飛び起き、半覚醒《はんかくせい》状態で着替えをして寝癖もそのままに階下に降りるのが常だ。曜子の叱咤《しった》激励の声を聞きながら、洗面、食事を終え、占いの結果を聞き流して玄関ドアから飛び出し、すれ違う顔見知りに頭を下げたり手を上げたりしながら駅まで急ぐ。都心に向かう通勤電車は当然混んでいて、社会人になってから座れたことなど一度もない。他人の体に押し潰《つぶ》されそうになりながら、自分は何処へ急いでいるのか、と毎日のように憂鬱《ゆううつ》な気分になる……。

「人生ってそんなもんだわよ」

曜子に愚痴を言っても一蹴《いっしゅう》されるだけだから、一度で懲りた。

今朝はもちろん愚痴を言う気分ではない。久々に清々《すがすが》しい気分だ。

ぬくぬくとした布団の中でスマホを弄《いじ》り、春のバーゲン情報などを検索しようとした指が止まる。

そう言えば……。

急いでネットニュースを開く。

コンビニ事件の続報を検索するが、まだ犯人は立てこもっていて膠着《こうちゃく》状態が続いているようだ。通報のあった昨日の昼過ぎから、すでに24時間近く経っている。

〈皆、まだ大変なんだ……〉

出向中とはいえ、自分も荻窪東署の刑事なのだった。

新堂や吾妻はもちろん、新堂班の捜査員たちに少しだけ申し訳なく思い早期解決を願うが、明日からの自分の仕事に向けて、今はストレスフリーな時間を過ごしたい。

カーテンを通して入る春の光、遠くに走る電車の音、階下の密《ひそ》やかな物音……。

今日は一日中、自分の時間だ。

休日には一階の店で客の応対や棚卸しの手伝いをするが、明後日からの出張を気遣って、階下の洋品店の手伝いは無用と曜子に言われていた。

昼まで布団の中にいるつもりだったが、10時前にはもう飽きていた。

昨夜も村田から電話の折り返しはなく、さすがに真帆も諦め、かつての同僚や警察学校で同期だった数人にショートメールを送っていたが、全て断られた。

中には、真帆が誰であるか覚えていない者もいた。

必ずまた会おう！　と固く握手し、電話番号を交換した奴に限って《おたくは誰ですか》などと曰《のたま》う。

〈まあ、何年も連絡してない私が悪いんだろうけど……〉

有沢は、体育会系なら警察関係以外でも良いと言っていたが、警察関係以外に、親しい知り合いや友人はいない。親友とは呼べないが、高校時代の唯一の友人は主婦で子持ち。中学校時代の同じバスケ部にいた気の合う男子は、二十歳前に新宿のホストクラブでナンバーワンになったと誰かから聞いた……。

学生時代の友人を思い浮かべても仕方がないが、つくづく自分は友人に恵まれていないのだと情けなく思う。当たり前だ。全て、自分が他人を遠ざけてきた結果だから。

有沢にメールを入れようと、一度放っておいたスマホを開くと、すでに有沢からメールが届いていて、着信音を消して寝ていた事に気づいた。

《補充員は確保できそうです。タブレットに公使の日程表を送りました。確認してください》

今日はアメリカから公使一行が来日する。夜は横田基地で米軍主催のレセプションパーティーがあると聞いていた。有沢は羽田空港から警視庁SPと共に行動を共にする予定だろう。その準備に追われながら、補充員の確保も出来たという事だ。

さすがだな、と改めて有沢のキャリアに感心しながら、了解の返信をする。

確保できた補充員も、おそらく警察庁のキャリア組だろう。

初対面の人間と行動を共にする……その人間が警察キャリアではなく、普通のサラリーマンだとしても、真帆が一番苦手なシチュエーションだ。

有沢が前に言ったように、短期間に信頼関係など築ける自信はない……。

少し憂鬱になる。

久しぶりに多摩《たま》川の土手を走ろうと思い、身支度をして部屋から出ると、階下のリビングから電話で話す曜子の声が聞こえた。

「分かったわ……私からも博之に言わなくちゃね……うん、そうね」

電話の相手はすぐに分かる。

博之の妻、綾乃だ。

真帆の気配に気づき、曜子が電話の相手に相槌《あいづち》を打ちながら、食卓テーブルの上を指す。

海苔《のり》をふんだんに使った真っ黒い三個のおにぎりが見える。

話はまだ続きそうで、急いで歯磨きを済ませる。

「……そうなのよ、私もそう思う……でも、アレは頑固だから……」

博之の話らしいが、病気や深刻な夫婦の問題では無さそうだ。

お握りをひとつ摑《つか》んで、足早に玄関に向かう。

腰を下ろしてしまえば、曜子は電話を切り上げ、その内容を長々と聞かされてしまうだろう。

気にはなるが、明後日までは他の事に気を遣いたくはなかった。


多摩川の土手に駆け上がると、一気に気分が洗い流される。

少し湿り気のある草の上に腰を下ろし、まだ温《ぬく》もりのあるおにぎりを齧《かじ》る。

曜子の家で暮らすようになった八歳の時から、もう二十年以上も経つ。

目の前に広がる景色はだいぶ変わったけれど、ここに駆け上がる度に、自分は生まれ変わっているのではないか、といつも思う。

顔を上げ、ぼんやりとした色の空を見上げる。

そう言えば……、と二年前に事件を担当した時の、被害者の父親に言われた言葉を思い出した。

『一度くらい来てみたらいいさ。魚は旨《うま》いし、空がきれいだから』

北海道の旭川から駆けつけた被害者の父親は、北海道には行ったことがないと言った真帆に潤んだ目を向け、そう言った。

あの父親は、あれからどんな時を過ごしたのだろう。

そして、村田も……。

妹の死の真相は、結局、自殺か他殺か明確には解明されなかったが、殺害される前の親友は自殺幇助《ほうじょ》をほのめかしていたことから、村田なりに納得がいったと言っていた。最初は水と油の仲だったが、事件が解決する頃にはお互いの存在を認め合うようになり、距離もだいぶ近くなったように感じていた。

無愛想な皮肉屋だが、村田ともう一度くらいは仕事がしたかった……。

顔を合わせたら一度や二度は必ず口論になるだろうが、自分が今感じている心細さの半分以上は解消されるに違いない、と真帆はまた空を見上げた。

川風を受けながら小一時間ほど走って家に戻ると、リビングに曜子の姿は無かった。

ホッと胸を撫《な》で下ろし、三階の自室に上がる。

一階の店舗はシャッターが下りていたから、てっきりリビングで自分を待ち構えているに違いないと覚悟しながら外階段を上がってきたのだ。

だが、すぐに嫌な予感がした。

スマホを取り出し、曜子にラインを送ると、待っていたかのようにすぐに電話が入る。

「伯母《おば》ちゃん、今どこ？　もう、お父さんの……？」

『そ。りんどう、よ。博之に変わろうか？』

咄嗟《とっさ》に切ろうとしたが、すぐに機嫌の良さそうな博之の声が聞こえてくる。

『真帆か？　明日から出張だそうだな』

予感は悪いことほど的中する。
『要人警護なんて、普通の刑事には回って来ないからな』
曜子はどこまで話を漏らしてしまったのだろうか。
『航空祭も北海道も初めてだろ、しっかり頑張って来いよ』
うん……と、力無く返事をする。
博之の背後に、曜子と綾乃の華やいだ笑い声がする。
「何だか楽しそうだね……伯母ちゃん、もう飲んでるの？」
歳のせいか曜子はめっきり酒に弱くなり、最近は深酒することが無くなっていた。
だが、酔った勢いで出張の詳細を喋《しゃべ》られる危険もある。
『大丈夫だ、真っ昼間から酒は飲ませないよ』
これ以上騒がれちゃ常連さんに迷惑かけるからな、と笑う。
「お父さん、体、大丈夫？」
『心配いらないよ。ただ二人がどうしても俺を定期検診に連れて行く気らしくてな』
博之が他人事《ひとごと》のように言う。
「具合悪いとか？」
『いや、あれ以来何ともない。煙草もやめたし、健康そのものだ』
博之は二年前にクモ膜下出血を患っていた。
『しかし、真帆もいっちょ前の刑事になったって事なんだな』

「そういうわけでも……たまたまって言うか、運がいいって言うか」

素直に喜んでくれている博之に、あえて真実を伝えることはない。

『新堂が時々連絡をくれてるんだ。真帆が元気にやってるって』

班長が……。

新堂は、かつて博之と同じ調布の交番に勤務していたことがあった。

博之が警察官を辞める原因となった事件が起こった時も、もう一人の同僚と共に博之を支えたことは、真帆も知っている。

『あいつはとうに一課の課長くらいにはなっていいはずなんだがな』

キャリアではないが、交番勤務時代から数々の犯罪捜査に携わり、犯人検挙に貢献した実績は他署にも知られている。

だが、本人は昇進には全く興味がなく、依然、警部補のままだ。

「班長が荻窪にいなくなったら、私、署に戻る意味がなくなっちゃう」

『そうか、そんなに新堂の下で働くのがいいか』

「うん、新堂班だから、私は刑事を続けていられるんだと思う」

嘘ではない。新堂がいなかったら、とうに自分は警察を辞めていたかもしれない。

『真帆はいい上司に恵まれたな』

しみじみとした博之の声に、僅《わず》かだが、老いを感じた。

「お父さん、伯母ちゃんたちが言うように、ちゃんと検査してね」

ああ、と生返事をする博之からスマホを奪ったのか、上機嫌な声で曜子が言った。

『大丈夫よ、テロ予告のことは言ってないからね！』


曜子の帰宅は、いつもより少し早かった。

階下から真帆を呼ぶ声が聞こえたが、無視して出張の準備を続けた。

長くても三泊。私的な観光ができるとしてもたったの四泊だが、少し興奮していた。

最後に家を空けたのは数年前だっただろうか。

それも、曜子と一緒の温泉旅行だ。

学生時代に、大学主催の七泊八日のヨーロッパ旅行に参加したことがあるが、今では写真に写る場所も、肩を組んで写っている誰かの名前もすぐには思い出せない。

膨れたバックパックのファスナーを閉めると、ベッドの上に放ってあったスマホが着信音を立てた。

『有沢です。工藤公使と沢田氏も無事帰国してレセプションパーティー終了しました。これから都内のホテルに戻るところですけど、会場で補充員の男性二名と面談しました。なかなかいい感じです』

背後に聞こえるノイズから、有沢は車で移動中なのだと分かる。

「有沢さんがそう言うならちょっと安心だけど……二人ともやっぱり警察庁の？」

「いえ、一人は沢田二等書記官に手配して頂いて、もう一人は……あ、そこは右折で」
明日紹介します、と慌ただしく電話が切れたが、少ししてから有沢からメールが届いた。
《初対面だからちょっと不安もありますが、女刑事だからと舐《な》められないように頑張りましょうね！　明日のスケジュールを確認しておいてください。よろしくお願いします》
了解の返信を入れてタブレットを取り出し、有沢から送られていた日程表を改めて確認する。

【三月十六日】
13時―羽田国際空港到着
15時―都内ホテル到着
16時半―ホテル出発
18時―横田基地到着（米軍主催レセプションパーティー）
20時―基地出発～都内ホテルへ移動
【三月十七日】
6時―都内ホテル出発
7時半―入間基地到着　椎名巡査他二名と合流
9時―航空祭開始
16時―入間基地出発

17時半―羽田空港到着
19時―羽田発～ワシントン・ダレス国際空港

この日程表は、財務省と警察庁、警視庁警備部向けであり、真帆には十七日16時以降の別なスケジュールが付記されている。

19時―羽田出発～新千歳空港
21時―千歳市内ホテル到着
22時―同ホテル内・会合
23時―解散（以降3時間交替の警備）
【三月十八日】
7時―集合
9時～12時　同ホテル内・会合
13時半―チェックイン（新千歳～韓国ソウル経由～ワシントン・ダレス空港）
14時半―解散

つまり、明日の16時以降はSP不在となり、有沢、真帆、他二名の四人体制の警護となるのだ。

沢田二等書記官の紹介なら外務省関係者、もう一人はおそらく警察庁関係者に違いないと思った。

有沢も不安があると言っていたが、自分の不安とは質が違う、と真帆は考える。

肩書きや職種に怯《ひる》んでいるわけではなく、ただ単に、組織に忠実過ぎる人間が苦手なのだ。

〈吾妻や村田だったら、気楽だったのにな……〉

再び暗くなる気分を立て直し、洗面も済ませずにベッドに潜り込んだ。

吾妻に迎えを頼めなくなったから、明日は6時起きだ。

これから熟睡できても7時間弱。

目を瞑《つぶ》る前にスマホでコンビニ事件の続報を検索するが、まだ犯人は立て籠《こも》ったままだった。

千歳行きからでも吾妻が同行すれば心強いと期待していたが、これで吾妻の参加は絶望的になった。

返す返すも、村田のつれない態度に少し腹が立つ。

子どもでも折り返し電話くらいはきちんとするはずだ。

そんなに自分は嫌われていたのだろうかと、真帆は二年前のあれこれを思い返す。

確かに対立することもあったが、最後はまあまあ良好な関係で別れたつもりだ。

けれど、やはり自分勝手な思い込みだったのだろう……。

モヤモヤした気持ちを断ち切るために、村田にショートメールを打つ。
《お願いしたいことがあって電話しましたが、解決しました。お元気で。返信無用》
送信した途端、胸の辺りに痛みが走ったように感じた。

翌朝、アラームで飛び起き、いつになく機敏に支度をして真帆は玄関を飛び出した。曜子はまだ眠っている様子で、顔を合わせなくて済んだ。

東京都西部の狛江から埼玉県入間市までの移動はスムーズとは言えない。吾妻が運転する車移動であれば、吾妻には悪いが座っているだけで着いてしまうし、仮眠も取れる。

吾妻や有沢のようにコンパクトな車を買いたいと常々思っていたが、いつも曜子に反対されていた。「真帆はおっちょこちょいだから、絶対だめ！　必ず事故を起こすから」

必ず事故るって何だよ……と憤慨するが、その都度水晶玉を見ながら怪しい目つきで再三言われると、さすがにその気が失《う》せてしまっていた。

だが、こんな早朝からの仕事になると、やはり車への憧《あこが》れが再燃する。

狛江駅から電車を二度乗り換え、入間基地の最寄り駅である西武池袋線《せいぶいけぶくろ》、稲荷山《いなりやま》公園駅に降り立った。

航空祭開始までまだ2時間近くあるが、電車内は入場開始前に到着したいと考える人たちで、通勤電車並みに混雑していた。

例年、十万人以上は訪れると言われ、全国の航空ファンは元より、地方からツアーで訪れる観光客も大勢いて、昼前にはその人数は倍増すると聞いていた。

その大半は、午後のブルーインパルスの曲技飛行を目当てに来場する人々だ。

都内に向かう通勤電車と違い、車内は賑《にぎ》やかな話し声で溢《あふ》れていて、真帆はその人熱《ひといきれ》ですでに一日分のエネルギーを使い果たしたように感じた。

集合時間まで20分を切っていたが、幸い、駅からタクシーに乗り込むことができた。

入間基地は埼玉県狭山市と入間市にまたがり、その敷地は想像以上の広さだ。

それは全国の航空基地の中では2番目の面積だが、そこで働く自衛官の人数は全国で一番多いと、ネットを検索して知った。

普段でも、戦闘機や輸送機をカメラに収めようと基地周辺には航空機ファンが大勢見られ、今日は年に一度、しかも米軍との合同航空祭とあって、その数は時間と共に増えるのは間違いないと、タクシーの運転手は嬉《うれ》しげに言った。「年に一度の稼ぎ時でね」

運転手は制限速度ギリギリのスピードでアクセルを踏み続け、あっという間に正門ゲート前に到着することができた。

すでに開門を待つ人の姿が多くある。

タクシーを降りるとすぐに、迷彩柄の制服を着た屈強そうな自衛官が走り寄って来た。

「警視庁の方ですか？」と彼は滑舌良く小声で聞いてくる。

頷《うなず》いて手帳を提示すると、彼は無言で正門脇のゲートを指し示した。

「警察の者だと、よく分かりましたね」

少し前を歩く自衛官に問うと、真帆に少し振り返り、「航空祭にスーツで見物に来る方はあまり見かけませんので」と早口で言った。

それに……と彼は口調を変えずに続ける。「警察庁の有沢警部から、椎名巡査の特徴は伺っておりましたので」

ああ、と納得する。

〈小柄でおかっぱ頭、地味なスーツに大きなバックパック……とか？〉

「見るからに真面目で正義感溢れる警察官、と伺いました」

敷地内の古い建物のドアを開け、彼は初めて柔らかな目を真帆に向けた。

「ご苦労様です。今日はよろしくお願いいたします」

応接セットのある面談室のような部屋で、すでに到着していた有沢が慇懃《いんぎん》な挨拶《あいさつ》をしてくる。

その横に、グレーのスーツ姿の三十代後半と思われる体格の良い男が立っていた。

沢田二等書記官なのかと思ったが、差し出された名刺の名前は違うものだった。

「こちらが、今回の警護を引き受けてくださった外務省職員の方です」

［外務省　総合外交政策局　企画室長補佐　藤島秀一《ふじしましゅういち》］とある。

「藤島です。よろしくお願いします」と頭を軽く下げて来る。

「椎名です。こちらこそ……」と慌てて名刺を差し出すと、有沢が補足するように藤島に言う。「椎名巡査は、こう見えて合気道の達人です」

ギョッとして有沢を見る。

「いや、達人とは……」

達人どころか、学生時代に友人から誘われ、断りきれずにひと月ほど道場に通っただけだ。

無論、有段者ではない。

「藤島さんは、沢田氏のご紹介でお願いできたんです」

「沢田とは同期入省ですから、断るわけにはいきません。それに、沢田には昔負けた麻《マー》雀《ジャン》のツケがあるので……」

あ、もちろん、高額ではないですよ、と藤島は屈託なく笑う。

室内の緊張した空気を入れ替えるために気遣ったのか、その藤島の人柄に、真帆は少しホッとする。

「もう一人の方は、まだ？」

「あちらの方です」

有沢は真帆の背後に目をやり、笑顔を作った。

振り向くと、この部屋まで同行した自衛官が背筋を伸ばした。

「航空自衛隊 百里《ひゃくり》基地 基地警備教導隊、三等空佐、津村瞬《つむらしゅん》と申します」と一礼し、真帆に近寄り、名刺を差し出した。

真帆も差し出し、ほぼ聞き取れずにいた津村の名刺をじっくりとなぞる。

「きち、けいび……」

「基地警備教導隊は基地警備の専門部隊だそうです。警備のプロに参加して頂けるのはとても心強いです」と有沢が笑顔になると、「光栄です。お力になれるよう粉骨砕身の覚悟で取り組ませていただきます」と津村が胸を張った。

〈何だ、もう一人も警察庁関係ではなかったのか……〉

「工藤公使のご友人が防衛省事務方の上層部にいらして……」

「はい、以前はこの入間基地所属でしたので、警護はもちろん、基地の案内も務めさせていただきます」

津村が滑舌良くきっぱりと言い切った時、室内に着信音が響き、有沢が手にしていたスマホを開いた。

「工藤公使と沢田氏が到着されたようです。皆さん、よろしくお願いします」

有沢の言葉に、室内に緊張が走った。

まだ少し熱があった。

慢性的な寝不足が祟《たた》ったのか、昨日の朝から体が重かった。新堂の依頼に応《こた》え、昨日の午前中から動き回ろうと意気込んでいたが、着替えている途中に体が震え出し、再びベッドに戻ったのだった。

その後はすぐに意識を失ったのか、目覚めた時は窓の外はすでに薄暗かった。

普段は風邪を引いても寝込むことはなかったから、過信していたのだろう。

その時点で、体温計の数字は38・4度。だが、寝汗で湿った体が不快でシャワーを浴びた。

直後は気分も良くなり、食欲はまるでなかったが、冷蔵庫の中から牛乳パックを取り出し、一気に飲んだ。それでも喉《のど》の渇きが収まらず、缶ビールを開けて半分ほど飲んだ。

すっかり復調したように感じ、新堂から受け取った捜査資料をスキャンし、データの保存を終えると、僅《わず》かな達成感を覚えて、残っていたビールを飲み干した。

それが災いした。

直後、激しい頭痛と悪寒に襲われ、再び這《は》うようにしてベッドに戻った。

普段、これほどの不調に見舞われたことがなかったからか、弱った自分の扱いに戸惑った。

途中何度か物音や人声を遠くに聞いたような気がしたが、夢だったのかもしれない。

再び目覚めたのは、今朝の7時過ぎだ。

せっかく休暇を取ったというのに、丸一日をベッドで過ごしたことになる。言いようのない敗北感を覚える。

捜査対象者の沢田は昨日帰国している。寝ているわけにはいかなかったが、体はまだ他人のもののように怠《だる》い。

それでも、熱いシャワーを浴びてレトルトの粥《かゆ》を無理やり胃に流し込むと、全身に活力が戻り生き返ったような気分になった。

けれど、それは一時の気分に過ぎなかったと、駅までの道を歩き出してすぐに分かった。

足腰が他人の物のように感じる。

駅の階段を上がるのが難儀になるような年齢ではない。

だが、今日一日の予定をこなすには、少しでも体力を温存しなければならない。

久しぶりに乗るエスカレーターの浮遊感に、村田は二日酔いの朝のような気分の悪さを感じた。食べた粥は少量だったが、逆流する感覚は無く、体力は戻りつつあると思いたかった。

先刻、ベッドの中で体温計を使ったら、外出する気力が失《う》せてしまったかも知れない。おそらく7度後半だろうと思う。

平熱は6度前半。

先月の健康診断の結果はオールAだった。

寝込んで治すより、動いて治す方が性に合っている……。

いつか誰かにそんな事を言った記憶があるが、もっと若かった学生時代だったかも知れない。

もうすぐ三十代が近づいて来る。

それまで健康でいれば、また新堂に「おめでとう」と言われることになる。

警部補から警部にも自動的に昇進してしまうから。

そんな事を頭の隅で思いながら浮遊感から解放されると、村田はスマホに表示されている住所に向かって、重い足を運んだ。


午前10時。

どこにでも見られる風景の中に、村田は立った。

途切れることのない車の流れ、耳障りな騒音、人影のない陸橋、歩道の人々を縫って走る電動自転車……。

「これでも、以前よりは空気もきれいになったらしいんですけどね」

村田の傍に立っている男が皮肉っぽく笑った。

「朝からすみませんでした。電話だけでも良かったんですが……助かります」

村田は素直に頭を下げた。

「いえ、久しぶりに新堂警部補から連絡を受けて嬉《うれ》しかったです」

高野《たかの》と名乗った男は、目白《めじろ》中央署勤務の巡査で、一年前の事故当時は荻窪東署の交通課にいた。昨日までに、新堂がアポを取っていてくれたのだ。

村田より少し歳上と見られる高野は、私服のジャケット姿だ。

「今日は非番ですか？　まさかわざわざ休みを取られたわけでは……」

「あ、ご心配なく。有休消化です。自宅も隣の駅ですし、それに……私もあの事故には疑問が残っていましたから」

どちらからともなく、歩道橋の階段を上がる。

当時、事故の一報を受けた高野は、交通捜査員の一人として現場に急行したと新堂から聞いていた。

「あのドラッグストアの前です。当時は古い文房具店だったんですけどね」

人気《ひとけ》の無い歩道橋の中央辺りで、高野は斜め下を指し示した。

品川方面に向かう上りは三車線だが、事故現場は反対の板橋方面に向かう下り二車線だ。

トラックと衝突した乗用車は、トラックと歩道のガードレールに挟まれるような形で停止したが、その際、ガードレール脇の街路樹が倒れ、文房具店にも被害が及んだという。

「真夜中でしたし、住民は二階で就寝していたので巻き込まれずに済みました」

「スリップした原因は、やはり死亡した女性の運転ミスだったんでしょうか」

「カーブでもないし、あの夜は雪で交通量も少なかったですし……徐行運転ならノーマルタイヤでもあんな激しい衝突事故を起こすような危険性はなかったと思うんですよね。でも……」

「高野さんも何か疑問を……？」

村田は、自分より高身長の高野を見上げた。

「当時、新堂警部補とも話したんですが、あまりにも……」

「悪条件が重なり過ぎている」

「ええ。それと新堂警部補から聞いていると思いますが、やはり何者かが執拗《しつよう》にかけてきた電話ですよね……悪戯《いたずら》の度を越していると思うんですよ。でも、私が一番気になっているのは……」

高野は改めて当時を振り返るように空を仰いだ。

「現場に到着した時、女性はすでに亡くなっているのが分かりましたが、助手席の男性に動きが見られたので、声をかけたんです……そしたら、男性がうわ言のように言ったんです」

『俺は知ってるんだ……全部知っているんだ』

男は意識を失う寸前まで、二、三度同じ言葉を繰り返したという。

「入院した沢田の快復を待って事情聴取をしたんですが、そのことは覚えていないし、何のことかも分からないと……そう言われてしまうと、自分でもその言葉を本当に聞いたのかどうか確信がなかったので誰にも言ってなかったんです。同行した同僚も気づいてないようでしたし」

「口喧嘩《くちげんか》をしていたと供述してますから、その延長だったのかもしれませんね」

「ええ。それに事故直後で混乱していたのでしょうから……でも、そう言いながらあの男性は……」

笑っているように見えた、と高野は言った。

「笑って……？」

「何ですかね、どこか満ち足りた笑顔に見えたんですよ、私には」

「その事を新堂警部補には……」

「言いました。酔った勢いで」と高野は笑い、「でも、個人的な感想ですから。新堂警部補もその時は真剣に受け止めてくれてなかったと思っていたんです」

やはり新堂には、事件性を疑う根拠がまだあったのだ。

高野自身が個人的感想と言っているのだから、先入観を回避するため、新堂は自分に伝えなかったのだろう、と村田は考えた。

「同乗者が退院したら現場検証と再調査をするべきだと署長にも直訴したんですが……二人とも外務省の職員でしたからね」

外務省上層部から警察庁に何らかの圧力があったのだと思う、と高野は薄く笑った。

「あんまりしつこく言ったせいか、見事に異動になって、今では地域課でおとなしくしてますよ」

でも、あの事故が単なる事故でなかったとしたら……と続けて、村田に向き直った。

「あまりにも亡くなった女性が哀れです」

運転していた女性は、トラックのバンパーの下に下腹部を挟まれ、両足は原形を留《とど》めていなかったと言う。

村田は実況見分調書に添付されていた現場の写真を思い浮かべた。

「あんな酷《ひど》い状態の遺体を見たのは初めてでした。遺体確認に来た女性の母親はその場で失神してしまったと……」

言葉を切り、高野は気持ちを切り替えるように言った。

「もし本当に事件性があるなら、必ず証拠を見つけてもらいたいです。あの母親のためにも」

村田は深く頷《うなず》き、立ち話の非礼を詫《わ》びた。

「いや、お構いなく。これから娘と公園に行く約束をしているので」

休日の家庭サービスが一番ハードでね、と笑いながら高野は背中を見せたが、すぐに振り返って付け加えた。「羨《うらや》ましいです。新堂警部補と一緒に捜査できるなんて」

どう返すのが正しいのか分からなかった。

村田が曖昧《あいまい》な笑顔で一礼すると、「私、好きなんですよ、新堂さんが」と高野は照れたように笑い、再び背中を見せた。

高野と話している間は忘れていた倦怠感《けんたい》が、再び頭痛を伴い戻って来た。

いつもなら3分もあれば空になる丼《どんぶり》の蕎麦《そば》が、半分以上残って冷めていた。

足元からまた悪寒が立ち上ってくる。

熱いほうじ茶を飲み切りようやく立ち上がると、通販番組が映っていた店内のテレビに、ニュース速報のテロップが流れていた。

《杉並　コンビニ立てこもり事件　二日ぶりに犯人確保》

画面内の時間表示は12時08分。

画面が切り替わり、ニュースキャスターがその一報の解説を始めた。

人質に怪我はなく、現行犯逮捕された男は無職の二十代男性であり、警察官の説得が長時間続いていたが、発生から47時間後の本日午前10時頃、睡魔に襲われ朦朧《もうろう》状態になっている隙に人質の店員が自力で脱出。直後、捜査員十数名が突入した。

その瞬間の映像に変わり、「この突入の際、警察官一人が軽傷を負ったという事ですが、詳細はまだ発表されていません……」というキャスターの声が被《かぶ》った。

警視庁は数ヶ月前に発生した事件との関連も調べ、金を奪う目的と思われるが、動機などの詳細は取調べ中だと続け、再び通販番組に切り替わった。

昨日の明け方までに確保できるのではと新堂が話していた事もあり、とうに解決したと思っていた。否《いや》、正直いえば、すっかり失念していた。

新堂たちは二日間もほぼ眠れぬ夜を過ごしたに違いなく、休む間も無くこれから事情聴取などに忙殺されるはずだ。

『私、好きなんですよ、新堂さんが』と言った高野の笑顔を思い出す。

重い足の動きに官舎に戻るつもりでいたが、思い直して再び腰を下ろし、鞄《かばん》の中から鎮痛剤を取り出した。


村田が差し出した手帳を見て、水谷貴子《たかこ》は少し顔色を変えた。

「今さら何を調べるんですか……ようやくここまで来たのに」

「ここまで……？」

「早苗がいない日常に、少しだけ慣れてきたのに……」

ああ、と頷いて、頭を下げる。

杉並区堀《ほり》ノ内《うち》にある都営住宅の三階部分で、村田は薄く開かれたドアの前にいた。背後を小学生らしき男児がスケートボードで走り去る。

「こちらに越されたと聞きましたが、連絡先は聞いていないということでしたので」

突然で申し訳ありません、と村田は頭を下げた。

捜査資料にあった住所は、中野《なかの》富士見町《ふじみちょう》の賃貸マンションだった。

事故の半年前まで、娘の早苗と二人で暮らしていた住居で、ここに来る前に電話で管理会社に転居先を聞いていた。

「あのマンションは早苗と十年以上暮らしたから……独りでは辛《つら》すぎて……」

調書の〈遺体引き取り人〉に記載されていた年齢は六十二歳。

娘を亡くしたことで一気に年老いてしまったのか、貴子は年齢以上の老女に見えた。

「娘さんの事故は、単なる交通事故だと思っておられますか？」

村田は単刀直入に訊《き》いた。

「え？　そうじゃなかったら、何だって言うんですか……」

「故意に起こされた事故だとしたら」

「そんなはずありません！　そりゃ、娘は雪道の運転には慣れているはずだから、私もどうしてあんなミスをと思ったこともありましたけど、きっと結婚式の準備や仕事で疲れていたんですよ」

「でも、実況見分では急ブレーキをかけたのがスリップの原因と」

「わざとスリップしたとでも？　じゃ、娘は自殺したっていうんですか？　無理心中でもしようとしたって？」

貴子は村田の声を遮り、声を荒らげた。

その声に、二つ先のドアの内側から、先刻スケートボードで通り過ぎて行った男児とその母親らしき女が顔を出していた。

その気配に気づいたのか、貴子はドアの中に村田を引き入れ、「2時から仕事なので

30分だけでいいですか」と言い、玄関脇にあるダイニングセットを指し示した。

「早苗は、幸せの絶頂だったんですよ。自殺なんて有り得ません」

「同乗者が供述した内容は信用できますか？」

「ええ。沢田さんを疑うのは間違いです」

「お二人は婚約をされていたとお聞きしましたが」

「早苗は一生独身でいたいとずっと言ってましたから、沢田さんを紹介された時は正直ホッとしました」

貴子は村田の肩越しに奥の部屋に視線を移した。

その先を追うと、和室の文机《ふづくえ》に花柄の布で覆われた骨箱が置かれ、その前の小さな写真立ての中に、生前の早苗が笑っていた。

村田は貴子に断り、文机の前に座って手を合わせた。

調書に顔写真はなく、初めて見る早苗の顔に村田は少しの間見入った。

少しふくよかな頬に切れ長の目。全体的には地味で平凡な顔だが、黒目が勝った大きな瞳《ひとみ》が意志の強さを表しているように見える。

「早苗が中学生の頃に父親が亡くなって、私が苦労した姿を見て育ったからでしょうね……絶対に国家公務員になって安定した暮らしをしたいって」

当時、早苗一家は北海道岩見沢《いわみざわ》市に住んでいた。父親は個人タクシーの運転手だったが、肺がんを患い、早苗が中学生の時に四十半ばで他界したという。

茶を淹《い》れ始めた貴子の前に戻ると、少し緊張を解いたのか、先刻より穏やかな口調で貴子は言葉を続けた。

「外務省に勤めることになった時に、私も上京して一緒に暮らし始めたんです」

「沢田さんとは同棲《どうせい》されていたと聞きましたが」

「婚約してからですよ。その後も週に一度は顔を見せてくれましたし、あの日も……」

事故当日の午前中に、早苗は婚約者の沢田と共に、当時住んでいたマンションに昼食を届けてくれたという。

「その後、式場の打ち合わせがあるからと、部屋には上がらず帰って行きました」

「その時はまだ雪は降っていなかったんですよね。運転は沢田さんがしていたのでしょうか」

「ええ、駐車場で見送った時は沢田さんの運転で帰って行きました。雪が降る前に帰るよう言ったんですけどね」

二人は式場である新宿のホテルで打ち合わせをし、その後、善福寺《ぜんぷくじ》公園近くに住む友人夫妻の家に行ったのだが、その事を貴子は二人から知らされていなかった。

「まさか、あんな事故に遭うなんて……」

潤み始める貴子の目に気づき、「すみません……」と村田は思わず頭を下げた。

遠ざけていた事故の記憶を蘇《よみがえ》らせてしまった事への謝罪だったが、貴子には明確に伝わらなかったようだ。

返事はなく、卓上の湯呑《ゆの》み茶碗《ちゃわん》を取り上げた。村田も倣ってまだ熱い緑茶を啜《すす》った。

鎮痛剤が効いているのか、頭痛と悪寒は治っている。

「早苗さんと沢田さんの間に、何か揉《も》め事《ごと》は？」

「なかったと思います。沢田さんはとても温厚で優しい人ですし……早苗は気が強くて頑固なところもありましたけど、二人は同居してからも仲が良さそうでした」

あんな事がなければ……と貴子はまた遺影の方に視線を送った。

「お二人の交際はいつ頃からだったのでしょうか？」

「付き合って一年くらいだと言ってましたけど……同じ職場ですから、顔見知りだったんだと思います。でも、最初に紹介された時は正直驚きました」

「どうしてですか？」

「早苗が沢田さんのような男性を選ぶとは思わなかったんです。あの子は、昔からもっと……何て言うか、スポーツマンタイプの男性が好みでしたし」

性格も、もっと明るくおおらかなタイプが理想だと話していたと言う。

「沢田さんはその真逆のタイプに見えましたけれど、好きになった相手が本当のタイプってよく言われますよね」

はあ……と曖昧《あいまい》に村田が頷《うなず》く。

「物静かで神経が細やかな人で、あれからも時々連絡をくれて私を気遣ってくれています。自分が酒を飲まなければ、こんな事にはならなかったのにと、何度も謝って……自分もどんなにか辛かったでしょうに」

退院しても、一時は休職して実家に引きこもっていたと聞いていたと言う。

「だから、職場復帰して渡米すると連絡があった時はホッとしました。ようやく前を向いたのかと。私の娘を愛してくれた人ですから、幸せになってもらいたいです」

「最近、沢田氏から連絡はありましたか？」

「去年の暮れに一度電話がありましたけど……それからは無いですね。仕事が忙しいでしょうし、早苗のことは忘れてくれていいんです」

沢田が昨日から帰国していることは知らないようだ。知らせるべきか迷ったが、村田は黙っていた。

「早く誰かと結婚してくれたらいいんですけどね」

貴子はそう言い、寂しそうな目をまた遺影に向けた。

「刑事さんの他にも、あの事故には何かあると言ってきた人がいましたけど、多分、二人に嫉妬《しっと》していた誰かかもしれないって思っていました」

「電話ですか？」

「ええ。男の声で、早苗は殺されたって」

人の不幸につけ込んで何を企《たくら》んでいるのかと腹が立ったと、貴子は唇を噛《か》んだ。

「早苗さんには沢田氏以外に交際していた男性は？」

「さあ、特にいなかったと思います。娘は大学時代も勉強ばかり……入省してからも全くそんな様子はなくて、沢田さんを紹介された時は本当に嬉《うれ》しかった……」

じゃ、2時から仕事なので、と貴子が立ち上がり、村田も続いた。

「北海道には戻られないのですか」と訊くと、「向こうは、娘の思い出が多すぎて。そろそろ納骨に帰らなきゃと思ってはいるんですけどね」と自分に問うように言った。

「私も函館出身ですが、なかなか帰る機会はありません」

「あら、そうですか……雪も多くないし、函館はいい街ですよね」

貴子は少し和らいだ声を出した。

「岩見沢は、まだ雪が残っているんでしょうね」

ドアの外に出て一礼をして顔を上げると、貴子の暗い眼とぶつかった。

「だから、なるべく雪を見たくないから……」

帰れない、と言う言葉は声にならなかった。


エレベーターで一階に降りた途端、忘れていた頭痛が戻って来るのを感じた。

どこかで休憩しなければと近くのファミレスに入ると、いきなり胃の底から何かが逆流しそうになり、慌ててトイレに駆け込んだ。

消化しきれずに胃の中で膨れていた蕎麦《そば》を全て吐き出し、席に着いてドリンクバーを注文したが、すぐには立ち上がれそうにもなかった。

腕時計を確認すると、まだ2時前だった。

『ええ。男の声で、早苗は殺されたって』

先刻の水谷貴子の声を思い出す。

荻窪東署に執拗《しつよう》にかかってきた電話の男と同一人物なのか……。

それは早苗に最も近い存在なのか……。

村田は調書に記されていた、沢田と早苗の友人宅を訪ねるつもりだったが、バスを乗り継ぎ善福寺まで移動する気力は失《う》せていた。

だが、このまま官舎に戻るわけにはいかなかった。

ようやく立ち上がり熱いココアを運んでいると、通路側のボックス席に座っていた学生らしき二人が歓声を上げた。

「すげぇ!」「ヤバい! カッコいい!」「だから、行こうって言ったじゃん」

二人の手元にあるスマホを覗《のぞ》き、村田も席に着いてスマホを操作した。

ネットニュースのライブ配信を開く。

《本日開催・日米合同航空祭! ブルーインパルス飛行生中継》

薄水色の空に、青と白に塗り分けられた数機の機体が白煙を吐きながら旋回していた。

巡査 Ⅳ

14時過ぎ、駐機場に集まった観客たちが大空を見上げていた。

テレビの映像で何度か目にしたことはあったが、実際に見ると、その迫力に圧倒される。

特に航空ファンではないが、その鮮やかな青い機体の曲技飛行に、真帆は職務を忘れて見入ってしまう。

工藤公使と沢田書記官は眼光鋭い警視庁警備部のSP三人、空自警務隊員二人に囲まれ、有沢と真帆、そしてスーツに着替えた津村と藤島はその一団の後方にいた。

その物々しい様子は周囲の観客の中では浮いた存在であり、一見して誰もがVIPの登場だと気づくはずだ。無論、殺害予告者から見れば一目瞭然《いちもくりようぜん》だが、標的を取り囲む複数の警護人の存在は、犯罪の抑止効果を生むことが多い。

念のため、会場内には数人の私服警察官も巡回しているはずだ。

不審者には職質をかけて所持品検査もしており、一団と観客の間は数メートル以上空けてあった。

周囲にある施設の建物内にも警備員と複数の警察官が巡回しており、ハンガーと呼ばれる格納庫や管制塔には、会場の駐機場を映す防犯カメラが多数設置されている。

予告が悪戯《いたずら》ではなく、実際に何者かが工藤を殺害するチャンスを窺《うかが》っているとしても、その目的を果たすことは不可能に近い。

実際、航空祭の最後を飾るブルーインパルスが登場するまで何事も起こらなかった。

警視庁警備部と有沢主導の警備体制は、沢田が望んだ以上に完璧《かんぺき》なものだった……。

数時間前――。

入間基地正面ゲートに工藤公使と沢田二等書記官を乗せた車が、警視庁ＳＰの覆面パトカー2台に挟まれ到着した。

出迎えた真帆たちの前を鷹揚《おうよう》な態度で工藤が通り過ぎ、その後に続き、沢田が一人一人に頭を下げる姿が印象的だった。

濃紺のスーツ姿にシルバーフレームのメガネが理知的な印象を与えてくるが、センターで分けられた少し長めの髪が頭を下げる度にはらりと額に泳ぎ、何処か哀愁を誘って来る……。

〈秘書って、大変だな……まだ刑事の方が気楽かも〉

知らず知らずのうちに小さくため息をついていたのだろうか、隣にいた有沢が肘《ひじ》で真帆の腕を突《つつ》いた。

工藤と沢田は、特別会議室と呼ばれるＶＩＰ専用室で、米軍横田基地司令官及び航空自衛隊司令官たちと歓談。その後、津村の案内により基地内施設の見学に向かった。

工藤たちが基地内を見学している間、真帆は有沢や藤島と共に待機室で長い時間待たされていた。

「藤島さんも、せっかくのお休みに急なお願いで本当に申し訳ありませんでした」

「いえ、私は外務省でも事務方なので、今回のような出向は大歓迎なんです」

藤島は沢田と同期入省だと言ったが、沢田は見るからに知的で上昇志向が強い人物という印象だが、藤島は出世欲とは無縁に見える大らかで柔らかな雰囲気を纏《まと》い、骨太で四角い体つきをしていた。

「私も本当は警察庁に勤めたかったんですよ。親が許してくれなくて、今はこんなですけど」

藤島の両親は共に教師で、幼い頃から藤島が教育者か官僚になることを望んでいたのだと言う。

「沢田がアメリカに行ってから本音で話せる友人がいなくなって、本当につまらない職場になってしまいました」

「沢田さんは、ああ見えて気さくで楽しい方ですものね」と有沢。

「え……楽しい？」思わず真帆が有沢の顔を見た。

「ええ、大使館内ではジョークも連発して、スタッフたちに大人気なんですって」

「誰が言ったの？　私には理知的だけど堅物な人にしか見えないけどな……」

先刻、沢田に挨拶《あいさつ》をした際、ニコリともしないで真帆を一瞥《いちべつ》し、すぐに有沢に視線を移したことを思い出す。『この人で大丈夫なのか？』とでも言いたげな様子で。

有沢がそれ以上言うな、という表情で咳払《せきばら》いをすると、藤島が高らかに笑った。

「椎名巡査は面白い方ですね。とても……」

「とても刑事には見えないでしょうが、椎名巡査の刑事としての勘は誰より優れていると私は思っています」

藤島が言い淀《よど》んだ言葉を拾い、有沢が毅然《きぜん》と言った。

こういう場合はどんな顔をすれば良いのか分からず、真帆は曖昧《あいまい》に笑ってスマホを取り出し、ニュースサイトを開いた。

あ……。

「どうかしましたか？」

有沢が真帆の小さな声に気づいて訊《き》いてくる。

「コンビニの立てこもり事件、解決したみたい」

犯人確保は午前10時頃とあった。

「あ、新堂班の……」

有沢も急いでスマホを確認する。

有沢には警察庁から公用スマホが支給されていて、全国の刑事事件がリアルタイムで報知される。

「だいぶ手間取ったようですね。荻窪東署も後始末が大変そう……」

「それでも、吾妻はこっちに参加したがるかもしれないな」

「椎名さんも荻窪にいたら、要人警護どころじゃなかったですね」

二人の会話を聞いていた藤島が怪訝《けげん》な顔を向けてきた。

「椎名巡査は、捜査一課の刑事さんですよね？」

「一応、荻窪東署に所属しています。今は警視庁に出向という形なんです」

「そうなんですか……いや、警視庁捜査一課の刑事さんというイメージではないな、と思っていたものですから……あ、私の思い込みなんですけれどね」

藤島が愉快そうに笑い、有沢が何かを言う声がするが、次第にそれらが頭から遠ざかった。

〈班長たち、大丈夫かなあ……〉

丸二日に及ぶ立てこもりで、おそらく初動の遅れを追及する声が上がるのは必至だろうと思った。真帆が始末書を書くことになった例の事案も、あれだけ捜査員を導入したにもかかわらず、結局犯人を取り逃すという失態を世間に晒《さら》したのだから。

あの時、真帆は恐ろしくて検索などしなかったが、警察に対する批判的な書き込みは相当な数だったと聞いた。

航空祭がこのまま無事に終わり、新千歳行きの便に乗ることができたら、吾妻にねぎらいのメールを送ろうと思った。

六機の機体が遥《はる》か上空から白煙を吐きながら一気に降下し、途中から傘が開くように六方向へ散開する。

大歓声と拍手が沸き起こり、工藤と沢田も満面の笑みを浮かべて拍手している。

「これはレインフォールという技です」

津村が自慢気に説明する。

「見事ですね。子どもの頃に航空祭には一度来たことがありますが、こんなにスリリングな飛行だったかな……」

真帆の背後にいる藤島が独り言のように言う。

「ブルーインパルスのアクロバット飛行は以前よりずっと進化しています。彼らは日々ハードな訓練をしていて、確実で安全、かつ見る人に感動を与える演技を目指しています」

津村がそのチームの成り立ちや機体の蘊蓄《うんちく》を話すが、ほとんどが轟音《ごうおん》と歓声に途切れてしまう。

少し気まずさを感じる真帆が藤島に目を向けると、同じような顔つきの藤島と目が合い、どちらからともなくため息混じりの笑みを浮かべた。

《津村さん、ちょっと前へ》とヘッドセット内に有沢の声がして、津村が移動する。

有沢と工藤たちに近寄った津村の様子から、アクロバット飛行について工藤に説明を求められていることが分かった。

津村が嬉々《きき》として説明を始める様子が見えるが、すぐに、もう分かったというように工藤が制した。その傲慢《ごうまん》な態度に、真帆は自分のことのように腹が立つ。

話の腰を折られた津村が何処かしょんぼりと戻って来て、照れ笑いを向けてくる。

誰のおかげで工藤はのんびりと見学できていると思っているのか……。

〈ったく……上に立つ人間ならそれなりの品格を備えて欲しいよな〉

うんざりとした息を吐くと、背後から藤島の声がした。

「椎名巡査も航空ファン……？」語尾が爆音で聞き取れず、振り返って曖昧な笑みを返すと、藤島は真帆の傍に近寄った。

「やっぱりそうですか。ブルーのT－4もいいですが、私はどちらかと言うとF－15戦闘機が好きですね。学生時代に初めて航空祭で見た時は本当に感激しました。椎名さんはF－2かな？　あの青い機体は女性に人気がありますからね……」

はあ、別に私は……と言いかけた時、有沢の声がワイヤレスのヘッドセットを通して耳に届いた。

《フィナーレが終了したらすぐに裏ゲートに集合してください》

「やっぱりテロ予告は悪戯《いたずら》だったんですね。人騒がせな……」

真帆の隣にいる津村がため息を吐くと、後方にいた藤島を振り返った。

「藤島さん、女性に人気があるのはF－15やF－2はもちろんですが、意外にC－1やC－2といった大型輸送機も人気なんですよ。でも、一番人気は、それらの機体を操縦するパイロットなんです」

大真面目で言う津村に真帆と藤島が思わず笑い声を上げると、ヘッドセットに有沢の声が飛んできた。《緊張を緩めないでください。まだ航空祭は終了していません。犯人はどの方向から狙っているのか分からないんです！》

有沢が言うとおり、観客全員の所持品検査をしたわけではない。突然刃物で襲って来た場合や銃器で遠方から狙撃《そげき》される場合も想定しなければならないが、航空祭の規模や会場の広さを考えれば、全く隙がないとは言い切れない。

観客の歓声、頭上に轟《とどろ》く爆音、埃《ほこり》臭く湿った熱風……。

改めて会場全方向を見回すと、不意に、嫌な予感が湧き上がる。

殺害を予告することで、当然犯人は警備体制が強化されることは分かっているはずだ。外務省や防衛省、そして警察に対する単なる嫌がらせで、この物々しい警備の様子を会場の何処かで嘲笑《あざわら》っているのだろうか……。

真帆に緊張が戻った時、更なる大歓声が沸き起こった。

見上げると、大空に白煙で描かれた大きなハートの中心に一機が白煙で弓矢を放つように飛行する。

「これが一番人気の［バーティカル キューピッド］という演技です」

津村がまた自慢気に言うが、真帆はその演技をネットの動画で何度も観ていた。

津村の説明が無くても基地に来る車内で演技の種類は検索していたが、やはり直《じか》に見ると迫力が違い、思わず見惚《みと》れてしまう。

白煙がハートを射貫《いぬ》くようにフッと消えた瞬間、そのタイミングに合わせるように、パン！　という音が大歓声に混じった。

機体はすぐにまたハートの斜め向こうから白煙を吐いて矢が突き刺さったことを表現し、再び大歓声と共に拍手が沸き起こった。

――と、誰かの叫び声が聞こえた。

空から目を戻すと、目の前にいた警護の一団が統制を欠き、工藤と沢田の上に数人が折り重なっていた。

津村が有沢をかばい、気づくと、真帆は藤島に背中を押されて倒れていた。

「ＳＰ一名負傷、救急車を要請します！」

私服警察官の緊張した声がし、身を伏せた工藤たちの数歩前に一人のＳＰが倒れていた。

〈まさか！　撃たれた⁉〉

真帆は急いで身を起こし、有沢たちに駆け寄った。

「公使を早く屋内へ！」

有沢が叫び、工藤と沢田はＳＰに囲まれながら格納庫の扉に向かって行く。

倒れたＳＰの肩の辺りから鮮血が流れ出し、津村が上着を脱いでその肩に押し付けると真帆に向かって叫ぶ。「椎名さん、観客を避難させてください！」

一斉に逃げ惑うかと思われた観客たちは、意外にも動揺は少なく、倒れたＳＰを遠巻きに覗《のぞ》き込み、中にはスマホを向ける者も多かった。

「まだ、犯人は近くにいます！　皆さん、建物の中に避難してください！」

真帆の声でようやく現実を受け止めたのか、多くの観客がいきなり悲鳴を上げながら走り出して行く。

――と、いきなり誰かの哄笑《こうしょう》が響き渡った。

見ると、わらわらと逃げ惑う人々の群れの中に立ち尽くし、ピストルの形を作った右手を高々と掲げている男がいた。

ＳＰや警備員たちが一斉に男に向かう中、先陣を切って津村と藤島が駆け出し、暴れる男を取り押さえるのが見えた。


「拳銃《けんじゅう》が何処にもないって……？」

真帆が素《す》っ頓狂《とんきょう》な声を上げた。

「本人は捨てたと一度言ったきり、その後は何も話さないみたいです」

有沢が悔しそうに唇を噛《か》む。

「捨てた？　何処に捨てたって言うの……そんな時間なかったじゃん」

確保した時、警察官や警備員たちは男の周辺を隈《くま》なく捜索したが、銃器は見つからなかったと言う。

「それに、変な芝居をしているみたいです」

「変なって？」

「銃を何処に捨てたのかと聞くと、捕まった時と同じように指でピストルの形を作って笑うんですって……ふざけたヤローだわ！」

有沢が忌々しげに言う。

車の運転時に人が変わる有沢を幾度か見たが、久しぶりに聞く有沢の捨て台詞《ぜりふ》に真帆の口元が緩む。

その容姿にそぐわない有沢の言葉に、真向かいに座る藤島と津村が目を丸くした。

「男の供述が本当なら、近くにいた観客の誰かが拾って隠匿した可能性もありますね」

津村が気を遣ったのか、軌道修正をする。

16時過ぎ。発砲事件から2時間近く経っていた。

早朝に集合した会議室に、有沢、津村、藤島、真帆の四人が待機していた。

工藤と沢田に怪我は無く、この後のスケジュール調整のためにVIPルームに入ったままだった。

工藤本人に動揺は見られず、千歳行きは変更無しの可能性が高いと聞いた。

「目的は何だったんだろう。工藤公使や外務省への嫌がらせ……対抗馬からの依頼……それとも」と真帆が津村と目を合わせる。

「自衛官になれなかったミリオタの恨み、とか」

「髪色も国防色のモスグリーンだし」

そう、そう、と頷《うなず》き合う真帆と津村に、有沢と藤島が冷ややかな視線を送る。

「二人とも、面白がっている場合じゃないですよ」と藤島が制するが、「ミリオタの恨み説もまんざら無い話ではないかも」と真帆は目を輝かせる。

「ですよね、ミリタリーに限らず、ナントカオタの熱量ってハンパないですからね」と津村。「いやいや、犯罪を起こす時点で、もはやオタクの域を超えてますって」と真帆が口を挟む。

その傍らで深々と息を吐いて、有沢がスマホを開いた。

「何か新しい情報が入った？」

真帆が有沢の手元を覗く。

有沢の公用スマホには、刑事局から内部向けに捜査の進捗《しんちょく》状況が送られてくる。

「今のところ新しい情報はまだ……」

ネットの動画ニュースも、工藤のことは『近くにはアメリカから招待されていた要人もいましたが、怪我人はいない模様です……』とリポーターが話したのみ。その要人を詮索《せんさく》する書き込みや、外務省のＨＰのアドレスを貼り付けた書き込みなどが殺到したが、瞬く間に消去されていた。

確保された男は二十代前半と見られ、所持品は何も無く、身元を示す物も何も見つからなかった。

埼玉県警狭山南署に連行された男は捜査員の質問に何も語らず、前科者リストにもヒットしなかった。

「でも、あの男が殺害予告をした男と同一人物とは限らないよね。依頼されて実行役を請け負った半グレかもしれないし……」

真帆は、確保された男に少し違和感を覚えていた。

一見、何処にでもいそうな若い男だが、春先だというのにアロハシャツにジーンズ姿。何より、さっき津村が指摘したその髪だ。

「そうなんですよ。偏見かもしれませんが、あのモスグリーンの髪に鼻ピアスの姿と、何通も届いたという殺害予告が結びつきにくいんですよね」

直接その身体を取り押さえた津村が、真帆と同じように違和感を持ったと言った。

「ああいうヤンチャ系の若者と脅迫文を執拗《しつよう》に送りつけるという地味な行為がしっくり来ないよね。もっと短絡的で衝動的な犯罪の方が似合ってる……まあ、確かに偏見かもしれないけれど」

真帆が津村と顔を見合わせ頷いた。

「やっぱり、指示役の共犯者がいますね」

有沢も頷く。「会場の監視カメラを解析すれば、犯行の瞬間や、周囲の人物の行動も映っているはずです」

数十台ある監視カメラの全てを、埼玉県警が回収したという。

捕まえてくれと言わんばかりの、誰よりも目立つ男だ。映像の解析にそう時間はかからないはずだ。身元の特定も、時間を遡《さかのぼ》って駅や交通機関、道路上のカメラから判明する確率も高い。

「問題はやはり銃の行方ですね。我々が捕まえるまでに何処かに放り投げたとしたら、会場で必ず見つかるはずですが……」

真向かいに座る藤島が初めて口を開き、悔しそうな表情を見せた。

「あの騒ぎですから、ゲート前で観客をチェックする以前に仲間が持って逃亡した可能性もあります。いずれにしても、工藤公使が無事だったのが救いです」

「でも、負傷者が出てしまっては……」

津村が独り言のように呟《つぶや》くと、有沢が毅然《きぜん》と言い放った。

「SPは警護対象者を護《まも》るのが仕事です。彼にとって不名誉なことではありません」

「まあ……そうですね」

津村はまだ何か言いたそうな顔をしたが、それきり口を噤《つぐ》み、空気を変えようとするかのようにスマホを取り出した。

それぞれが、重苦しい雰囲気の中で戸惑っているのが分かり、真帆も思いついたようにスマホを取り出した。

出発までまだ時間はある。

こういう時のスマホの存在はありがたい。瞬時に自分だけの世界を作ることができるのだから。

真帆は珍しく長文の報告メールを、新堂に書き始めた。

警部補　Ⅳ

『ニュース速報見たか？』

「入間の銃撃事件なら、自分はスマホで中継を観ていました」

新堂から電話が入ったのは、中継がいきなりCMに切り替わり、別サイトに、倒れたSPや野次馬の様子を映した動画が投稿され始めた直後だった。

着信音に気づき店外に出ようとしたが足に力が入らず、急いでワイヤレスイヤホンを装着し、そのまま小声を返した。

幸い店内は騒がしく、咎《とが》めるような顔を向けてくる客はいない。

『狙撃犯《そげきはん》は至近距離で発砲したらしいが、その場で確保。被弾したSPは命に別状は無くて、椎名たちも無事だと連絡があったよ』

「椎名？　椎名巡査があの場にいたんですか？」

『ああ……本庁から要人警護の補佐という名目で駆り出されていたんだ』

新堂は、椎名に航空祭での要人警護の仕事が回ってきた経緯を話し始めた。

「殺害予告？　要人というのは……」

『沢田の上司の工藤秋馬……アメリカ大使館の公使だ』

「公使……その殺害予告と、沢田の事故に関係が？」

『今はまだ何も分からんが、沢田の調査を進めれば全部が繋《つな》がる可能性もあるな』

やっぱり……。

一年前の交通事故の再調査を自分に依頼した新堂の思惑を、村田はようやく理解した。

やはり、今月に入り再び「早苗は殺された」という電話がかかってきたことと、沢田の来日は無関係ではないはずだ。

「公使に危害が及ばず良かったです……もちろん椎名巡査にも」

「まあ、この後何もなければいいんだが……」

「この後……？」

「ああ、工藤公使は来期の都知事選に出馬するらしくて、地元の千歳市に向かうんだ」

もっとも、それは工藤の個人的理由であり、そのために椎名たちが警護要員に指名されたのだと言う。

「警察関係者や自衛官なら、民間ＳＰを雇うより情報が漏れにくいと判断したんだろう」

「何だか姑息《こそく》な話ですね」

「俺もそう思う」と冷笑が聞こえてくる。

新堂との通話はそのままに、警察庁からの内部情報と一般のニュースサイトを開くと、会場で確保された犯人は、住所不定、無職の若い男だという続報が入っていた。

「まだ身元は判明してないようですね」

『ああ。カンモクしてるらしいし、予告した本人かどうかも分かってないんだとさ』

完全黙秘か……。

「拳銃《けんじゅう》は男の私物だったんでしょうか」

『逮捕時に本人が捨てたと言ったらしいが、会場の何処にも見つからないらしいんだ』

今夜の警察発表で報知されるというが、おそらく、銃器が発見されていないという事実は伏せられるに違いないと言う。犯人は確保されても、銃器が誰かの手に渡ったと公表されれば、恐怖に怯《おび》えるのは周辺地域の住人ばかりではない。

「持ってなかったって……どういうことですか？」

『単独犯ではないのかもしれないな。発砲してすぐに仲間に手渡した可能性がある』

管轄の入間署、警視庁捜査一課ともに見立ては同じということだった。

『それはそうと、体調はどうだ？　無理しなくていいからな』

「大丈夫です。自分の案件の方は、高野巡査に会って被害女性の母親にも話を聞いてきました」

新堂はすでに知っているはずだと思ったが、高野から聞いた助手席の男性が譫言《うわごと》を言いながら笑っていたという話をした。

「班長は、その話をどう思いますか？」

『酔った勢いとは言え、捜査に関して推測だけでものを言う奴じゃない。彼の話は事実だと思う』

〈俺は知ってるんだ……全部知っているんだ〉という被害者男性——沢田広海の言葉の意味、そして、そう言いながら浮かべた謎の笑みの理由は……。

『死亡した女性の母親に電話をかけた男は、うちの署にかけてきたヤッと同じ人物だろうな』

「班長は、その男が駐米公使の殺害予告をしてきた人物とも関係があると思っているんですか？」

荻窪東署に久しぶりにかかってきた正体不明の男からの電話、航空祭での公使殺害予告、その公使と共に帰国している沢田二等書記官……。

『考えすぎかな。どうも歳のせいか、せっかちになって、全部ひっくるめて早いとこ解決したくなっちまうんだよ』とカラカラと笑った。

村田は、その笑い声を聞きながら高野の言葉を思い出した。〈羨《うらや》ましいです。新堂警部補と一緒に捜査できるなんて〉

「とりあえず、これから事故の直前に二人が会っていた友人宅に聞き込みに行きます」

『そうか、何か分かったらメールでも入れておいてくれないか。こっちもなんだかんだバタついててな』

新堂の声が珍しく憂鬱《ゆううつ》な調子に変わる。

「コンビニ事件の後始末は大丈夫なんですか……二日も粘るとは犯人もよほど体力のある若僧なんですね」

『以前、椎名も同じような事件に引っ張り出されていてな。多分、その大久保の事案もヤツだろう。今、大久保のコンビニ店員に面通しさせているってさ』

その事件は村田も記憶にある。

その直後に警視庁から視察に来た刑事同士の会話から、椎名の近況を知ったのだから。

『椎名がまた暴走しちゃったんだけど、犯人を取り逃した責任を椎名一人が取らされたんだよ』

よくある話だ。責任の重さは階級に反比例する。

『ま、椎名のチョンボで俺も始末書を書かされたけど、あんなの何枚でも書いてやるさ』

大久保の事件は店員の一人を犯人に見せかけ、犯人自身は金を持って逃走。捜査員たちは店内で人質に凶器を向けている男に気を取られ、他の出入り口の注視を怠ることを予測しての犯行だったが、警察も同じ失態を世間に晒《さら》すわけにはいかない。二度も同じことが起きれば、一気に遡《さかのぼ》って責任を追及される。

『自宅のガサ入れで大久保のコンビニで使った拳銃が見つかればいいんだが……』

それも玩具《おもちゃ》の可能性は高いけど、本物だったらヤバいからな、とシリアスな声を出す。

「動機は金だけですかね？」

『今は黙秘してるが、捕まった当初は立てこもりして注目を浴びたかったと言ってたそうだ』

犯人は二十代と見られていたが、実際は十九歳のフリーターと判明したということだ。

「注目を浴びたかった……ですか」

『この手の動機は、俺たち年代には理解できないんだ』

「自分も理解できません」

『まさか、二十歳過ぎたら顔も名前も世間に知れてもっと注目を浴びるぞとも言えないしな……』

笑える話じゃないけれど、と、新堂は笑った。

『ま、怪我人が出なかっただけでも良かったけどな』

「でも、警察官が軽傷を負ったんですよね」

『ああ。うちの吾妻が……あ、君は会ったことなかったな」

「吾妻巡査って、自分がお世話になった時に休職していた方ですよね？　怪我の状態は……」

『本人のためにも忘れてやってくれ。突入の際、コンビニ前の車止めに躓《けつまず》いて転んだだけだ』

「え……？」

『後続のヤツらが吾妻の上に雪崩れ込んで下敷きになってさ……手首を捻《ひね》ったんだと』

「あ……でも良かったです。刃物で傷つけられたんじゃなくて」

『それはそうなんだが……』

新堂の声が再び沈む。

「何か他に問題が？」

『アレがね……ほら、うちのアレがさ……』

「刑事課長が何か？」

『俺に責任を取れってさ』

「え……責任って」

犯人確保まで長期化したことへの世間からの批判に対し、警察にもそれなりの謝罪が要求される。とはいえ、実際はマスコミ等の記者会見の冒頭で謝罪を口にするだけであり、一般市民がそれをTVニュースなどで見るのは、死者が出たような凶悪犯罪の場合だけだ。

『署長への言い訳というのはいつも通りだが、今回ばかりは頭に来てるんだ。俺が出張るのを押し退けてテメェがしゃしゃり出て指揮したんだからな』

新堂は他人事《ひとごと》のように笑い、『ま、署長もその辺りは分かってるはずだから、始末書書けば済む話だけどな』

だから……、と新堂が続ける。

『椎名もあの事件の時は悔しかっただろうなってさ。係長の代わりに始末書処分になったんだから。マトモな上司だったら、部下が不始末をしても自分が責任を取るだろう』

椎名の悔しそうな顔はすぐに想像できる。

「椎名巡査は、いつ荻窪に戻られるんですか？」

『あいつもそろそろいい歳だからな……あ、これもナントカハラになるか。ま、そろそろとは思ってるんだが、俺の一存では決められないし』

新堂班に研修の形で赴任してきた新人刑事が、一課に戻る時に交代になるということだったが、その時期は定かではないと新堂は言った。

『椎名は本庁一課には向いてないからな……』

「自分もそう思います」

椎名は枠から外れてこその刑事だから、と付け加えようとしたが、自分にそれを言う資格はないと、村田は思った。

『まあ、一度は自分のいる組織の実態を知ることも必要だしな。君はその辺りよく理解してると思うけど』

「いいえ、自分は……自分に都合良いことしか理解していないと思います」

『いいんだよ、それで。俺も若い時はそうだったし、だんだん、そういうものを受け流す技が身につくんだよ。ま、敵は多くなるけどな』

村田もそう思う。元々、自分は常に独りだ。敵も味方もハナから眼中にない。

『あくせく出世しようと思っても、必ず足を掬《すく》うヤツはいる。そんなヤツらは無視するに限るんだ……あ、俺もアレは無視しなくちゃな』

豪快に笑い、新堂は、再び『本当に無理しなくていいから今日は早めに切り上げろ』と電話を切った。

新堂と話したからか、気力が戻ったような気がした。

店外に出ると、先刻までの灰色の空に雨雲が近づいているのが見え、村田はスマホのアプリでタクシーを呼んだ。

こんな時は、中古で買ったSUV車を手放したことを後悔する。

警部補に昇進し、ほぼ内勤になった時に売ってしまったのだった。それまでも通勤には官舎のある品川から大森湾岸署まで車を使うことはなかったが、非番の時は目的を決めずに車を運転する習慣があった。休日のドライブと呼ぶほどの距離でもなく、遠くても鎌倉《かまくら》周辺までだったが、一日中部屋にいるよりは気分が洗い流されるようだった。

手放したことで、また部屋に引きこもる休日が続き、気がつけば署の仮眠室に寝泊まりして周囲に嫌われることになった。

新堂から与えられたこの仕事を終えたら、また車を買おうと村田は考える。

「お客さん、今日はお仕事ですか……いや、スーツ着てらっしゃるから」

ミラーをチラチラと見ながら話しかけてくる運転手に、曖昧《あいまい》に返事をして目を瞑《つぶ》る。

最近は話しかけてくるタクシーの運転手は少ないと聞いていたが、自分はどこか他人に気を遣わせてしまうタイプなのかもしれないと村田は思う。

おそらく、気まずい雰囲気を察して話しかけてくれたのだろうが、目を瞑った途端、運転手は言葉の途中で口を閉じた。

善福寺まで走る間にワイパーが動き出す音がして、目的地に着く頃には本降りになっていた。普段なら20分くらいで着く距離だったが、休日の道路は住宅街でも交通量は多く、30分以上かかってしまった。

「予報通り降ってきちゃいましたね。こういう日は車で出かける人が多いから、時間がかかっちゃって……」

運転手は申し訳なさそうに領収書を渡して来る。

いや、と頭を下げると、少しホッとしたような顔になり「傘、そこのコンビニにあると思いますよ」と言った。

言われたようにコンビニの方に走るが、タクシーが去るのを見届けてから踵《きびす》を返した。傘を差して歩くより、雨の中を走る方が性に合っている。

上京したばかりの頃、北海道育ちのせいだろうと誰かに言われたこともある。確かに、雪の日はいくら吹雪いても湿気の少ない粉雪に傘をさす者は少ない。その感覚から、雨も多少濡《ぬ》れても当たり前と感じているのかもしれない。まして、車や地下鉄移動が多いせいもある。

だが、一番の原因は、自分のせっかちな性分によるものだと、村田は自覚している。

雨は次第に大粒になり、目的地に近づく頃にはさすがに村田の足も小走りに変わった。

調書に記されてあったマンションは、善福寺公園近くの住宅街にあった。

その豊かな木々に囲まれた三階建ての建物に着くまでの僅《わず》か数分の間に、ズボンの裾《すそ》が思ったよりも雨に濡れて、這《は》い上がる冷気に気持ちが萎《な》えた。

「まだ捜査が続いていたんですか……っていうか……捜査って、何を？」

想像していたよりずっと若い妻がソファから身を乗り出し、高い声を上げた。

夫の高橋純一《たかはしじゅんいち》は、隣のキッチンで茶の用意をしているようだ。

調書に記されていた純一は、事故に遭った二人と同様、外務省に勤務する外務公務員だ。

「いえ、調書に不備がありまして、再度作成しなければならなくなったんです。ご迷惑をおかけしますが、ご協力ください」

「それって、何か犯罪と関わってるかもってこと？」

調書には三十三歳とあったが、好奇心丸出しの表情は二十代前半にも見える。

村田にとって、一番厄介なタイプの女かもしれない。

「李莉子《りりこ》、お茶が入ったよ。刑事さんにお出しして」

はあい、と立ち上がった妻に代わってソファに座り、純一は気まずそうな笑顔を見せた。

「いや……紅茶は私が淹《い》れた方が美味《おい》しいんですよ」

「いえ、どうぞお構いなく」

「それで、あの事故があった夜のことですよね。一年前にお話しした以上のことは……」

「はい、ご面倒おかけしますが、もう一度お話し願いたいんです」

村田はタブレットを取り出し、沢田の供述調書を目で追う。

【私と同乗者は初夏に結婚式を挙げる予定であり、その日は私の友人宅に披露宴の相談のために訪問し、ワインやスコッチを痛飲しました。帰る頃には私が酩酊《めいてい》していたため、飲酒しなかった彼女が運転を代わり、二人で住む世田谷のマンションに帰る途中でした……】

「事故に遭われたお二人は婚約をされていたようですね」

「ええ。私たちがあの二ヶ月前に披露宴をしたレストランが気に入った様子で、そこで自分たちの披露宴もしたいと言って」

「早苗さんは都心の有名ホテルでするのが夢だったみたいですけど、そんな所は予約がいっぱいで何年も先になっちゃうじゃないですか。早苗さんは田舎から出てきた人だから、何よりブランドに拘《こだわ》っていたみたいよ」

純一の遠慮がちな物言いを遮り、李莉子は少し早苗を見下すような言い方をした。

「高橋さんと沢田氏は同期入省なんですね……普段から親しくされていたんですか？」

披露宴の相談をするくらいだから、家族ぐるみの交際が続いていたのでは、と村田は思ったが、その答えもまた李莉子が奪った。

「沢田さんは、うちの純ちゃんをいいように使っていたのよ。自分の方がちょっとばかりいい大学出てるし、早苗さんも外務省勤めだったじゃない？　二人とも私のことなんかまるで相手にしていないって感じで……死んだ人の悪口は言うなって言うけど、あの人たち、私は嫌いだったわ」

途中、何度も純一が遮ろうとしたが、当時の鬱憤《うっぷん》を晴らすように、李莉子は続けた。

「沢田さんと早苗さんの仲は当然良かったんですよね？」

「まあ、婚約していて、披露宴会場の相談に二人で来るくらいですし……」

「あのお二人は入省当時からのお付き合いなんでしょうか？」

純一が、村田の手元にあるタブレットを覗《のぞ》き込んだ。

「いや、付き合いだしたのは事故の一年前あたりじゃないかな。早苗さんの方が二年先輩なんで、入省時にいろいろ世話になったとは言ってましたけど」

《死亡者・水谷早苗　三十六歳　外務省総合外交政策局　職員》

確かに、当時三十四歳の沢田より二歳年上だ。

「早苗さんは純ちゃんと同じ事務方なのよ。で、純ちゃんと沢田さんが同期入省なのを知って、沢田さんを紹介してって言われたんだって。最初の飲み会から早苗さんは猛烈にアプローチしていたって……」

ねえ？　と李莉子は夫の顔を覗き込んだ。

「沢田は自分のことをあまり喋《しゃべ》るタイプではないですし、勤勉家で将来は幹部職員になるキャリアですから、浮ついた話も聞いたことがなくて……確かに一度飲み会に沢田を誘ってくれと言われましたけど、まさかあの後から本当に二人が付き合うことになるとは思わなかったですよ」

「沢田さんがエリート外交官だったからでしょ？　純ちゃんもキャリアだったらもっと……」

外務省でいうキャリアとは、国家公務員採用総合職試験に合格した外交官であり、国家公務員採用一般職試験に合格して入省した職員はノンキャリアと呼んでいる。

とめどなく喋り続けそうな李莉子をさすがに制し、「仮に、早苗さんにそういう打算があったとしても、私はいいと思いましたよ。早苗さんは結構面倒見が良い女性でしたし、実際、沢田は幸福そうに見えましたから」と純一は穏やかに笑った。

だけど……、と純一の顔が少し変化した。

「結婚の話には本当に驚きましたね。同棲《どうせい》はしても、結婚はないと言ってましたから」

「何故、結婚はないと言ってたんでしょうか？」

「さあ……あいつは複雑な家庭で育ったと言ってましたから、家庭を作ることに魅力を感じていなかったんじゃないかな」

「面倒臭いんじゃない？　早苗さんだって十分に収入があるし、ディンクスのパワーカップル……って、何かカッコいいじゃないですか。タワマンの上の方に住んじゃったりして」

　二人が同棲し始めたのは、事故の半年ほど前だ。

「多分、ですけど……その頃にアメリカの日本大使館への出向が打診されていたんじゃないかと……結婚して早苗さんも連れて行きたかったんじゃないでしょうかね」

「あの夜、沢田さんはここでどれくらいの酒を飲まれたんでしょうか」

　タブレットには、本人はよく覚えていないと記されている。

「沢田さん、最初から赤ワインを飲んでて、その後、お祝いだからって、純ちゃんが高～いスコッチ開けたのよね？」

「ああ、アイツ結構飲んでたな。よほど嬉《うれ》しかったのかいつもよりピッチが速くて」

「早苗さんは珍しく飲まなかったわね。ワインも口をつけただけだったし」

【……事故の数分前から結婚式の招待客に関することで口論となり、激昂《げっこう》した彼女が急にアクセルを踏み込んだのです……】

「事故を起こす前に、口喧嘩《くちげんか》をしていたという沢田氏の供述があるのですが……」

「へえ。二人ともそんな激しい喧嘩をするような性格ではないと思ってたけど……」

「披露宴のことで二人の意見が分かれたのは、招待客のリストだっけ？」

　純一が李莉子に問うと、「そんなの、私たちだってモメたじゃない」と笑い、「もし本当にあんな事故を起こすくらいハデな喧嘩をしたんだったら……」と考える顔つきになった。

「何か思い当たるようなことがありますか？」

村田が少し身を乗り出すと、すかさず純一が口を挟んだ。

「よしなさいよ、下世話な話をするのは」と李莉子に言い、村田に愛想笑いを作った。

「くだらないドラマの観過ぎなんですよ、暇なものだから」

「何よ、仕事を辞めて家にいろって言ったの、純ちゃんじゃない」

村田の頭がじんじんと痛みを増して来る。

これ以上の収穫は無さそうだと判断し、腰を上げることにした。

マンションのエントランスを出ようとすると、背後に足音が聞こえ、李莉子の声がした。

「刑事さん、主人がこれを……」

振り向くと、李莉子がビニール傘を差し出してくる。

「刑事さん、傘を持ってなかったみたいと……良かったら、これ使ってくださいって」

正面のガラス戸の外を見ると、雨は来た時より激しくなっている。

受け取りながら礼を言うと、李莉子が少し体を近づけ、小さく言った。

「早苗さん、妊娠してたのかも」

タクシーを呼ぶことも忘れ、村田は久しぶりに傘を差して雨の中を歩いていた。

李莉子の言葉が頭に張り付いていた。

調書のどこにも、早苗が妊娠していたことは記されていない。

事件性がないことと、遺体の損傷が激しかったことから検視後に解剖に回されなかったのだ。

『女って、何となく分かっちゃうのよ、そういうの』

自分達の披露宴の時はけっこう飲んでいた早苗が、あの夜は飲まずに、どことなく気分が優れない様子だったと言う。『運転代行を頼んでもいいし、何なら泊まって行けばって言ったのよ、雪も降って来たし……』

冷えたら体に悪いじゃない、と続けた時、住民と思われる女性がエントランスに入って来て、李莉子は村田に軽く頭を下げてエレベーターに走って行った……。

夫の傍にいる時とは違う顔をした李莉子に驚いたが、意外に自分が思うより優しい人間なのかもしれないと思った。

もちろん、そういう女性特有の二面性は村田には理解できなかったが……。

雨は激しさを増し、風も強くなって来た。

頭痛は相変わらずだが、足取りは来る時よりも軽かった。

運良く数分も待たずに来たバスに乗り、30分後に村田は荻窪駅前に降り立った。

スマホの時刻を確認する。

17時24分。

まだ荻窪東署ではコンビニ事件の後始末に追われているだろうが、官舎に戻るより現場の空気の中にいたかった。

署内は思ったより粛然としていて、村田は誰に声をかけられることもなく二階の新堂班のブースに向かうことができた。

「あれ……村田、だっけ。どうした、大森はクビになったか？」

相変わらずのダミ声を上げ、古参の古沢が笑顔を向けてくる。

他に刑事の姿は無い。

「お忙しいところお邪魔してすみません。班長にちょっとお話が」

「班長は仮眠中なんだ。後30分くらいで俺と交替だから、ここで待つか？」

被疑者も事情聴取に応じる体力はなく、聴取開始は19時。他の若い捜査員たちもそれぞれ仮眠中だと言う。

「最近の兄ちゃんたちはまるっきり体力が無くて……俺たちジジイの方がよっぽど元気だ」

根性論ではない。そんなものは一時の情熱に過ぎなく、結局は体力勝負。体が続かなければ、頭も続かない……という古沢の話に頷《うなず》いていると、聞き覚えのあるサンダルの音がして首からタオルをぶら下げた新堂が現れた。

刑事課の隣にある小さな面談室は、昨年までは備品倉庫だったと新堂は言った。

「椎名たちは、もう北に向かったかな」

新堂はシャワーで濡《ぬ》れた髪を拭《ふ》きながら、壁の時計に目をやった。

工藤公使殺害に失敗した狙撃犯《そげきはん》が工藤の千歳行きを知っていたかどうかは不明だが、共犯者の存在が考えられるからには、警備を解くわけにはいかない。

「椎名巡査以外も、やはり警察官たちが私的警護にあたっているんですか？」

「一人は空自の現役自衛官でもう一人は外務省職員だそうだ。まあ、有沢警部というキャリア女子と一緒だから、椎名も暴走することはないだろうと思うが」

「警視庁SPも千歳まで同行するんでしょうから、椎名巡査たちに危険が及ぶことはないのでは……」

「それがな、さっき椎名からメールが来たんだが、あくまで千歳行きは私的なものだからと、公使本人がSPの警護を断ったそうなんだ」

警察発表では、工藤殺害の予告があったことを公表していない。

警察も外務省も、単なる悪戯《いたずら》の可能性が高いと軽視していたことで警護が手薄になったことへの批判を恐れているのだ。

多くの一般市民が参加するイベントだ。そんな物騒な予告があったなら開催自体を中止するべきだったという批判は免れない。

箝口令《かんこうれい》が敷かれたことは、工藤にとっても幸いなことだろう。

「地元有力者との関係も公表したくないんでしょうね……」

仮に工藤が都知事になったとしても、その立場が、出身地であるとはいえ千歳市の利害に多大な影響力があるとは考えられない。

だが、間接的な経済効果は期待できる、と新堂は言う。

「北海道全域の観光アピールの強化とかな。都が前面に立って推し出せば、外国人観光客も今以上に増えるだろうし、当然、新千歳空港がある千歳市に落ちる金も増えて、何より地価の高騰に繋《つな》がる……とか?」

当たり前だが、工藤が頼りにしている地元の有力者たちとは、地元ロータリークラブ会員を中心とした不動産、建設、医療関連会社などの経営者、そして商工会議所や市政に於《お》いて権限を強くする者たちだろう。

「工藤公使がゆくゆくは国政進出を視野に入れているなら、地元としては支援するのが当然だろうし」

「やはり、狙撃犯は対抗馬が雇ったハンシャの奴ですかね」

少し考えて、新堂は首を左右に振った。

「いや、それはどうかな……都知事選は都民にとってイベントみたいなもんだろ? 経歴が面白いとか、金が余っているとか、訳の分からん輩《やから》が出馬するけど、現職と同じくらいネームバリューのある者の一騎討ちになるのが普通だからな。第一、一般的には知名度の低い工藤公使を蹴落《けお》とすにしては手が込みすぎている」

「じゃ……工藤個人に対する怨恨《えんこん》の？　だったら、尚更《なおさら》、警護を強化してもらわなければ不安なんじゃないですか」

「いや、それではスキャンダルを提供するようなもんじゃないか。マスコミが喜んで飛びつくぞ」

確かに、出馬前にダークなイメージがついてしまう。

現時点で、マスコミは、入間基地の発砲事件は警察か自衛隊に恨みを持つ者の犯行という見方をしている。

「まあ、有沢警部が上層部に掛け合って私服警察官を増員させるんじゃないかな」

それで……、と新堂は少し赤い目を改めて村田に向けてくる。

「体調が悪いのにわざわざ出向いて来てくれたんだから、何か新しい情報を手に入れたんだろ？」

村田は頷き、少し声を潜めた。

「ちょっと意外なことが分かりました」

高橋李莉子の言葉を伝えると、新堂は空《くう》を見つめ、少しの間黙った。

「……やっぱり、司法解剖するべきだったんだな」

「ただ、高橋の女房がそう感じただけかもしれません。本人に確かめたわけではないそうですから」

「ああ……もちろん、そのことが事件性に繋がるかどうかは分からんが、今まで表に出なかった情報だからな」

同棲《どうせい》していたカップルが、妊娠を機に婚約、結婚をすることはよくあることだ。

恋愛経験の少ない村田にも、それくらいのことは分かる。

過去に担当した事案で、愛人が身籠《みごも》ったことで殺人未遂を犯した銀行員のことを思い出した。けれど、この外務省職員のカップルは誰が見ても仲の良い恋人同士だったということであり、数ヶ月後に結婚式を控え、幸福の絶頂にいたと言ってもいいのだ。

「そんな男女が、あんな無残な事故を故意に起こしたとは……」

「考えられない……か」

でも……、と新堂はニヤリとして村田を見た。

「気になるんだろ？　君も」

そうなのだ。

被害者の母親や友人夫妻の話を聞く限りは、あまりにも不運で悲惨な事件なのだが……。

「高野巡査の話が、どうしても頭から離れないんです」

新堂も同じ思いがあるからこそ、自分に再捜査を依頼したのだろうと村田は思う。

「しつこく電話をしてきた男も、あの事故は故意に起こされたと信じてるんだろうな」

「警察が再捜査に動くことを期待しているんでしょうね。きっと、まだ我々が知らない二人の内情を知っているのかもしれませんね」

「もう一度、被害者の母親をあたってくれないか。もし妊娠が事実だとしたら、母親なら気づいてたかもしれないし、そうだったら、何故そのことを言わないのか……」

新堂がまた空に目をやった時、外に足音がしてドアから古沢が顔を覗《のぞ》かせた。

「班長、もうすぐ時間だぜ」

コンビニに立てこもった少年の事情聴取は、新堂と古沢が担当するという。

「了解！」と返事をして立ち上がり、新堂は村田を見下ろした。

「やっぱり顔色悪いな。これ以上無理すると明日は動けないぞ。そろそろ若い奴らが起きて来るから、泊まっていくか？」

タダだし、カプセルホテルよりはマシだろ、と新堂は笑った。

一旦《いったん》外に出て蕎麦《そば》をかき込み、村田はまた署の三階に戻った。

一杯の蕎麦すら胃が受け付けず、全身の倦怠《けんたい》感が激しく、とても品川まで帰る体力は無かった。

三階にある仮眠室は、昨年末にリニューアルされたと聞いたが、壁紙を張り替えて二段ベッドを新調しただけらしく、雰囲気は以前のままだった。

以前、一瞬だけ仮眠をしたことがあるが、室内の何とも言えない臭気に辟易《へきえき》したことを思い出す。

新堂班の若手刑事は退室した後らしく、四台ある二段ベッドの一番奥の下段に、横になっている一人がいただけだった。

ドアを開ける音で起こしてしまったのか、寝ていた男がゆっくりと起き上がり村田を見て怪訝《けげん》な顔をした。

「大森湾岸署の村田です。お邪魔します」と頭を下げると、ああ……という顔になり、「刑事課の吾妻です」と照れたように笑みを浮かべて視線を逸《そ》らした。

その右手首に包帯が巻かれている。

〈今日は大変でしたね。大丈夫ですか〉という言葉は呑《の》み込む。

軽くもう一度頭を下げ、入り口に近いベッドの下段に鞄《かばん》を下ろすと、吾妻は無言のまま背後を通り過ぎて退室した。

かつては椎名の相棒だったと聞いていた。

自分などより遥《はる》かに精悍《せいかん》な顔つきをしていて刑事としての風格が感じられた。だが、新堂や椎名から聞いていた〈三十路《みそじ》過ぎの中学生〉という言葉の意味は、何となく分かるような気がした。

実力以上の正義感で自家中毒を起こすタイプ……確か、椎名はそう付け加えた。

自分とは真逆かもしれないその性格を、村田は羨《うらや》ましく思う。

きっと、椎名や新堂の言葉には、吾妻に対する温かな何かを感じたせいだと思う。

そういう関係を煩わしいと思ってきた自分なのに……。

横になる前に、航空祭のその後の情報を知っておくべきかと思ったが、今の自分の仕事は確実な情報を拾い集めることだと考えた。丁寧に拾えば、自《おの》ずとピースは収まるところに落ち着き、全てがひとつの世界を物語るはずだ。

体調不良と寝不足のせいで弱気になっている自覚はあるが、今晩、どこよりもぐっすり眠れる塒《ねぐら》を手に入れたような気がして、洗濯済みと書かれたビニール袋の中から毛布を取り出した。

眠れるかどうかは分からなかったが、自分の匂いがしない毛布は意外にも心地よく、久しぶりに熟睡できるような気がした。

巡査　V

前席の背についた液晶モニターで19時のニュースが始まった。

《今日の午後、埼玉県の航空自衛隊入間基地で開催された日米合同航空祭で発砲事件がありました。ラストを飾るブルーインパルスの曲技飛行の終盤、突然、銃器の発砲音が響き、来賓者の警護にあたっていた警察官一人が肩に被弾しました。発砲したと見られる男はその場で取り押さえられましたが、容疑は否認しているということです。尚、被弾した警察官は命に別状はないものの、全治一ヶ月の重傷ということです……では、事

件の会場から佐藤《さとう》記者の報告です》

画面が切り替わり、夕刻まで滞在していた入間基地の正面ゲート前にいる若い記者が映し出され、興奮気味に喋《しゃべ》り始める。

予想通り航空祭の事件がトップニュースだが、事件直後に出された速報の内容とほぼ変わらない情報だった。

観客たちの多くがスマホで動画を撮影していたにもかかわらず、テレビ局に提供された動画は、倒れたSPを取り巻く警備員や逃げる観客、撃ったと思われる男が確保される様子だけだった。

報道では、工藤がターゲットだったことも、使用された銃の行方が分かっていないことも公表されてはいない。

工藤は事件直後にこそ動揺が見られたが、VIPルームに避難した頃にはすでに立ち直り、このまま米国に戻ることを進言する沢田を無視し、あくまでも千歳行きに拘《こだわ》っていた。

結果、誰も工藤を説得できず千歳行きは決行され、警視庁SPによる要人警護は羽田国際空港までとなった。

工藤と沢田は、真帆と有沢が並んで座る二つ手前に座っていた。

後席には津村と藤島がいて、少し前に手洗いに立った真帆が通りかかった際は、二人とも軽い寝息を立てていた。

羽田を発《た》ってまだ30分も経っていない。

席に戻る時に前方を見ると、仮眠を取る工藤の隣で、沢田は疲れた様子も見せずにPC作業をしていた。

「沢田さんも大変だね、公使も今回は諦《あきら》めてワシントンに戻るかと思ったのに」

「財務省に入省依頼、ずっと工藤氏の下で働いてきたわけですから、一度決めたら絶対に主張を曲げない工藤氏の性格をよく知っているんですよ」

「無駄な抵抗は出世に響くもんね」

「そういう打算で働く人ではないと思います。今の自分があるのは工藤氏のお陰だと仰《おつしや》ってました……それに、あの人には想像を絶するような悲惨な過去があるんですから、他人からの恩情に敏感なんです」

あの人……？

有沢の声に、いつもと違う柔らかなものを感じる。

そっとその顔を窺《うかが》うと、いつもの白い顔に、少し赤みが差している。

そういうことか……。

沢田のその悲惨な過去話を聞いてみたかったが、今はやめておこうと思った。

スマホを開く有沢の手元を覗く。

「容疑者について、何か新しい情報は入った？」

機内販売の紹介に変わっていたモニターを消して、真帆は話題を変えた。

「会場のカメラの解析が進んでいるようですから、明日には容疑者が発砲する瞬間の映像が見られると思います」

有沢はスマホを閉じ、シートを後方に傾けた。

「管制塔や駐機場のカメラは高性能ですから、男が口を割らなくても犯行の一部始終が映っているはずです。椎名さんも、今のうちに少し休んだ方がいいですよ」

確保された男は捜査員の質問に頷《うなず》いたり首を振ったりという意思表示はするが、いまだに一切言葉を発しないということだ。

「やっぱり問題は使用された銃だよね。どこにも見つからないってことは、近くにいた共犯者が持ち去ったとしか考えられないもの」

SPの肩から摘出された銃弾は9ミリ。薬莢《やっきょう》は男の周囲にいた観客の幼児が拾っていたらしく、その父親から届け出があったということだ。

「線条痕《こん》から銃の特定を急いでいるようですが、ハンドガンだったらポケットにでも入れてしまえば容易に会場の外に持ち出せますしね」

有沢が目を閉じたまま話を続ける。

「やはり……近くにいた共犯者が持ち去ったのかもしれませんね。でも、男から硝煙反応が確認できたと鑑識から連絡がありましたから、あの男が公使を狙って撃ったことは間違いありませんね」

「え……硝煙反応が？」

硝煙反応とは拳銃《けんじゅう》を撃った時に手首や体に飛び散る硝煙の発射残渣《ざんさ》のことだ。

消えた拳銃……。

男は撃った後、すぐ傍にいたかもしれない共犯者に拳銃を預け、共犯者は会場の騒ぎに乗じて逃走した……？

当時の混乱した会場で、退場する何十万人もの一般客に職質をかけることは不可能だった。

「カメラの映像に犯行の全てが映っていたら、事件解決は意外と早いと思います」

そう言い、有沢は会話を止めるという意思表示のように、首を通路側に向けた。

真帆もシートを傾けて目を閉じるが、思い直してスマホを開いた。

ラインが二通とメールが一通。

曜子と博之、そしてメールは新堂からだ。

曜子からは今日明日の占い。何やら長文が届いているが、最後のラッキーカラーだけを記憶する。博之からは一言。「職務遂行を祈る」

苦笑しながら新堂のメールを開く。

《時間があったら吾妻に電話でもしてやってくれ……》

メールには、コンビニ立てこもり事件で負傷したのは吾妻だということと、その負傷は自損事故のようなもので、本人はひどく落ち込んでいるということも書かれていた。

〈何やってんだか……〉

一気に疲れを感じ、機内サービスの冷めた珈琲《コーヒー》を一口含みスマホを閉じた。

その程度のことで落ち込んでいる場合か。

自分などよりずっと良い上司に恵まれているではないか……。

高度を下げ雲の中に入ったのか、機体はかなり揺れている。

後数十分で初めての北海道に降り立つはずだ。

発砲事件や、嫌味な一課の上司のことなど、今は忘れよう。

新堂や吾妻の顔が浮かんでくる……吾妻が何かを訴えてくる。やめてくれ、今は頼むから少しだけ寝かせて欲しい……けれど、何だ、この汚い部屋は……ああ、有沢のマンションか。

有沢さん……少しは片付けないと……誰も見てないからと言って……。

あ……誰も見てはいない……？

「椎名さん、起きてください。着きますよ」

耳元で有沢の声がして、間もなく、タイヤが着地する大きな衝撃を感じた。


「大変だったみたいね。大丈夫？」

『大丈夫って、何が？　犯人も捕まったし、別に問題ないんだけど』

受話器から聞こえてくる吾妻の声は、言葉とは裏腹にどこか頼りない。

「いや……二日間ろくに休めなかったんでしょ？　犯人は少年だったらしいけど……負傷者も出たって聞いたから」

あんたがドジ踏んだのね、とは決して言わない。

『ああ……ヤツは若いから体力あるしな。小中学では陸上選手だったらしい』

負傷者の話はスルーだ。

気持ちは分かるし、何より吾妻の性格は嫌になる程分かっている。

「立てこもって目立ちたかったんですって？　迷惑な話よね、そんな動機で怪我させられた警官はたまったもんじゃないよね」

『……今時の若者が考えることはよく分かんないな』

古参の古沢のような年寄り臭いセリフを言っていることに本人は気づいていないのか、その声は大真面目だ。

吾妻に本気で嫌味を言うつもりは無い。新堂が懸念しているように、過剰な落ち込みでまた休職などしなければいいと思っているだけだ。

『で、初めての北海道はどうだ？　いいなあ、俺も旨《うま》い寿司《すし》が食いたいよ』

新千歳空港ターミナルビルに隣接しているラグジュアリーホテルに着いたのが1時間前の21時。ジュニアスイートの部屋は有沢と同室で、藤島、津村はそれぞれシングルルームが割り当てられた。

無論、工藤と沢田はそれぞれスイートルームに宿泊することになっていた。

到着後すぐに、有沢は沢田と明日以降のスケジュール調整のために工藤の部屋に向かい、真帆はシャワーの後に吾妻に電話を入れたのだった。

「突入の時は、君も？」

うっかり寿司の話に乗ってしまいそうになるが、さりげなく話を戻す。

モヤモヤした気分は、誰かに話すことで洗い流されることもあるから。

『ん……もっと早く突入しても人質に危害を与えるようなことはなかったと思うんだ。指揮担当の本庁の管理官がトロい奴でさ。責任取りたくないばっかりにタラタラ説得ばっかりしてるから皆の緊張が緩んじまって……』

犯人に、人質を刺すような気配は見られなかった、と吾妻は言う。

『おまえがチョンボしたコンビニ事件の時は、店員を犯人に仕立て上げて、自分は店員の一人になりすまして逃亡に成功したけど、今回は、男性店員はいなくて、客も老人ばかりだったんだとさ』

やはり、あの時と同一人物の犯行だったのか。

自分を蹴飛《けと》ばして逃走した際に所持していた銃はやはり玩具《おもちゃ》だったのだろうか。

「拳銃？　ああ、川口《かわぐち》市の河川敷で拾った改造銃だったみたいだけど、分解して捨てたらしいぜ。一応鑑識で捜してるみたいだけど」

「ふうん……弄《いじ》っていて暴発なんかしなくてよかったけど、河川敷で拾ったなんて、物騒な話だね」

「そ。でさ、突入のだいぶ前から少年はうたた寝していたらしいけど、人質が外にいる管理官たちに合図しても、誰も見てなくて気づかなかったって……バカだろ？』

「模倣犯でなくて良かった。確保できないままじゃ、ずっと課長に嫌味言われなくちゃならないから……」

いきなり真帆は言葉を切った。

あれ……？

誰も見てなくて気づかなかった……？

『どうかしたか？』

「あ……いや、何かちょっと大事なことを思い出したような気がしたんだけど、忘れちゃった」

『相変わらずだな、おまえ……ところで、大森湾岸署の村田ってヤツがうちの署に来てたぜ』

え……？

「村田君が？　何で……」

『フルさんに聞いたんだけど、班長と何か調べてるみたいだってさ。おまえ、コンビ組んだことあるんだよな、何か知らないのか』

〈村田が班長と……？〉

今日も新堂に航空祭での発砲事件の報告メールを書いたが、まだ返信はなく、無論、村田の話など聞いていない。

『あいつ、準キャリアで警部補だって？　そんなエリートが班長と何を調べてるのかな……』

「へえ、村田君、昇進したんだ……まあ、余計なことは耳に入れないようにしているんだと思うけど」

新堂はそういう気遣いをする上司だが、村田に関することなら、自分には話してくれても良さそうだ。あえて話さないのなら、余程極秘の捜査なのかと思う。

村田からは無論、返信は未《いま》だ無いが、それどころではないのかもしれない。

『それより、有沢さんは外務省の奴らにこき使われているんじゃないか？　責任感が服着て歩いてるような人だから、おまえがしっかりしてないと足を掬《すく》うことになるんだからな』

先刻の萎《な》えた声は何処へやら、いつもの上から目線の発言に真帆は深々とため息を吐く。

はいはい、と軽く返事をして「じゃ、また……」とスマホを耳から離すが、思い直して早口で付け加えた。

「手首の捻挫《ねんざ》で済んで良かったね」

あ……という声の後に、電話は向こうからすぐに切れた。

しばらく、ぼんやりとしていた。

眼下に見える滑走路に、一機の航空機が降り立つのが見える。

「こんなに遅く到着する飛行機もあるんですね。羽田からの最終便かしら……」

少し前に有沢が部屋に戻り、シャワー室からバスタオルを巻いただけの姿で現れたが、特に驚きもなく、真帆は差し出された缶ビールを黙って飲んだ。

有沢も向かい側のソファに座り、滑走路の誘導灯を眺めていた。

「どうかしましたか？」

有沢が反応の薄い真帆の顔を覗《のぞ》き込んでくる。

「……誰も見ていなかった」

「え？」

その声に弾《はじ》かれたように、真帆は有沢に目を向けた。

「誰も、あの男が撃つところは見てなかったんだよね」

観客のほとんどは上空のブルーインパルスの曲技飛行を見ていた。そして、たとえSPや私服の捜査員たちが周囲に注意を向けていたとしても、あの男が奇声を上げるまで誰一人、あの男をマークしてはいなかったのだ。

もし、男が銃を構えて撃つアクションに気づいた者がいれば、とうにSNSで拡散されていたことだろう。

あのモスグリーンの髪にアロハ姿でも、大観衆の中では特に異様な存在として認識されてはいなかったのだ。実際、事件以前に男は警備員から職質を受けてはいなかった。

「周囲に目撃者がいればいいんですけど……警察が目撃者を探し出すのは難しそうだし、誰かがネットに投稿でもしてくれたら拳銃《けんじゅう》の行方も分かるかもしれませんね」

「うん……」

男の近くにいた観客たちは、男が奇声を上げて確保される瞬間は見ていたに違いない。けれど……。

あの男が、撃つ瞬間は誰も見ていなかった。

それなら、撃った犯人は別にいた？

「明日カメラの映像を観れば、事件の前後、あの男がどんな行動を取っていたのか分かりますよ」

有沢は立ち上がって、ベッドに腰を下ろした。

「6時半には起きなければ……明日からのスケジュールは、タブレットの方に送っておきました。これから朝までは津村氏と藤島氏が交替で警備してくれますから、私たちはとりあえず休みましょう」

有沢はバスタオル姿のままベッドに潜り込んだ。

何気なく周囲を見ると、有沢のベッド近くの床にシャツなどの衣類が脱ぎ捨てられていて、広げられたままのキャリーケースは、中身が丸見えのまま放置されている。

以前見た有沢の自宅マンションの光景は、こうした日々の積み重ねによるものなのだと納得する。

さっきまで緊張していた身体や脳が一瞬で弛《ゆる》むのを感じ、真帆は思わず苦笑した。

洗面をして自分のベッドに入る頃には、隣のベッドの有沢は、すでに軽い寝息を立てていた。

もうすぐ日付が変わる。

最近は特に寝つきが悪い。真帆はタブレットを取り出し、有沢が送った明日以降のスケジュールを確認する。

発砲事件が起こったせいで、航空祭前日に送られたものより予定は大幅に変更されていた。

【三月十七日】
19時―羽田出発～新千歳空港
21時―千歳市内ホテル到着・ミーティング（工藤・沢田・有沢）
23時―解散
（以降3時間交替の警備　津村・藤島）
【三月十八日】
7時―集合
9時～12時―同ホテル内・会合①

12時—昼食（ホテル内）
14時～16時—会合②
17時半—工藤・沢田チェックイン（新千歳～韓国ソウル経由～ワシントン・ダレス空港）
18時—全員解散

両目は確かに文字を見ているのだが、頭の中には先刻思いついたフレーズが張り付いている。

——誰も、あの男が撃つところを見ていなかった。

『周囲に目撃者がいればいいんですけど……警察が目撃者を探し出すのは難しそうだし、誰かがネットに投稿でもしてくれたら拳銃の行方も……』

有沢が言った言葉は、あくまでも男が実行犯であり、物的証拠として狙撃《そげき》の瞬間が映っている映像を期待しているのだ。

〈そういうことじゃなくて……〉

真帆の疑問は少し別のところにある。

あの男は、本当に狙撃犯なのかということだ。

犯人は別にいるとしたら、拳銃を持っていなかったのは当然のことだ。

例えば、あの男の周辺にいた他者が工藤を狙って撃ったのだとしたら……？

その距離は、ＳＰの肩に弾が食い込んだ深さなどから測定できるはずだから、あの男が立っていた位置と照合すれば……。

だが、男の手から検出された硝煙反応は？

どちらにしても、カメラの解析と銃器の特定が先か……。

「シイラさん、らりをブッブッと……？　早くれらいと……」

譫言《うわごと》のように言い、有沢が頭から布団を被《かぶ》った。

真帆はまたスマホを取り出し、新堂にメールを打ち始めた。

村田と何やら捜査しているのなら、別の案件で思いつきや疑問を問うのは迷惑かもしれなかったが、自分はまだ新堂の部下だ。

また長文になってしまい、時刻を確認すると0時半近い。

窓から見える滑走路の誘導灯もいくつか消されていて、深い森の中にいるような気分になる。

明日、工藤と地元有力者の会合が終了すれば、夕方には工藤と沢田はアメリカに発《た》つ。

一昨日までは、その後は札幌まで観光に出かけようと考えていたが、発砲事件の後始末で埼玉県警に出向かなければならないのかもしれない……。

吸った息の倍以上のため息を吐く。

何で刑事になんか……。

久しぶりに、そう思った。

警部補　V

目覚めたのは、まだ夜明け前の5時過ぎ。

昨夜、仮眠室のベッドに潜り込んだのは19時頃だったから、10時間近く眠ったことになる。

久しぶりに熟睡したせいで、昨夜までの不調が嘘のように消えていた。

他のベッドに人影は無く、向かった刑事課の室内にも誰もいなかった。

新堂や古沢も帰宅できたのだろうと、村田は何故か安堵《あんど》した。

二年前の僅《わず》かな期間を共にしただけで、つい先日まで足を向けていなかった場所だというのに、古巣に帰ったような安心感に包まれていることが、自分でも不思議だった。

一階の地域課のフロアには、早朝の時間帯にもかかわらず賑《にぎ》やかな話し声が響いている。

酔い潰《つぶ》れて路上で寝入ってしまった老人や、些《さ》細《さい》なトラブルで連行された若者たちと当直の警察官の会話だ。

署の外に出て、中央線沿いにある24時間営業のスーパー銭湯に向かう。

誰に勧められたのかは忘れたが、以前、何度か利用したことがある。

スーツ以外の衣類全てを乾燥機付き洗濯機に放り込んでサウナに入り、今日一日の予定を立てる。

できれば、沢田広海が米国に戻る前に、真相を明らかにしたかった。

新堂の考えが正しいかどうかは分からない。

だが、村田は確信していた。新堂の推測は真実だろうと。

新堂のような優秀な刑事であっても思い込みや判断ミスがないとは言い切れない。

それを証明するために、自分が選ばれたことを少し誇りに思う。

じっくりと汗を流して水風呂《みずぶろ》に入ると、身体の隅々が生き返るような感覚を覚える。

行き先は決まっている。

村田は乾燥機の中から乾いたばかりのシャツを取り出し、素早く腕を通した。


昨日、エレベーターで上がった三階に、今日は階段で一気に駆け上がる。

まだ午前8時過ぎ。

村田は再び堀ノ内の都営住宅のドアの前に立った。

水谷貴子の仕事はスーパーの惣菜《そうざい》調理で、勤務時間は隔日の14時から3時間。事故後この団地に越してきてから勤めるようになったと言い、昨日は出勤時間が迫り、村田は13時過ぎに腰を上げた。

今日は休みのはずだから、もしかしたらまだ就寝中かもしれなかった。

昨日の貴子は、六十二歳という年齢以上に老けた印象を受けた。

けれど、娘を不慮の事故で亡くした独居老女という情報から想像していたものと、その実像は少し違った。昨日見た暮らしぶりは質素ではあったが、一人暮らしの乱れは無く、部屋の中も整然としていた。それが、村田には却《かえ》って痛々しく感じられた。

数回ノックをした後、薄く開かれたドアの向こうに、寝起きらしい貴子が顔を見せた。

「多分、またいらっしゃるような気がしてましたけど、昨日の今日とは……」

言葉ほど迷惑そうな声ではなかった。

「申し訳ありません。昨日お聞きすることを忘れていたことがありまして……お出かけになる前にと思ったものですから」

昨日と同じく、玄関脇のキッチンに招かれる。

テーブルの上に湯気を立てているマグカップがあり、珈琲《コーヒー》の香りが漂っている。

非礼を詫《わ》びる村田に、「刑事さん、朝ご飯は？　パンで良かったら……」と、側の棚から食パンの袋を取り出した。

断る理由も見つからず黙って頭を下げる村田に、「朝ご飯、誰かと食べるなんて、久しぶりだわ」とまんざら嘘でもなさそうな言い方をして、棚の下から古そうなトースターを取り出してテーブルの端に置いた。

「子どもの頃、同じようなトースターがうちにもありました」

あれは小学生の頃だったか。炬燵《こたつ》の上に載せられたトースターから食パンが飛び上がるのを、妹の麻里とワクワクしながら待っていたことを思い出す。

「ポップアップトースターって言うんですってね。今でも普通に売っているって聞いてびっくりしたわ。これは早苗が小さい頃から使っている物だけど……」

「早苗さん……妊娠してたんですか？」

タイミングを見計らっていたわけでは無かった。

久しぶりの世間話に癒《いや》されそうになる自分に気づいた瞬間、思わず口から言葉が飛び出た。

聞こえたはずだが、貴子は黙ったまま食パンを二枚、トースターに差し入れ、「ジャムは切らしていて……バターだけしかないけれど」と、小型の冷蔵庫の扉を開ける。

「やはりご存じだったんですね……」

貴子はバターの缶をテーブルに置き、ドリップポットから珈琲を注いだカップを村田に無言で差し出した。

「水谷さん……！」

村田が貴子に返答を求める。

「ええ……安定期に入ってホッとしてたんです」

貴子はようやく村田の向かいの席に座って口を開いた。

「調書には何も書かれてません。どうして、その事を……」

「それが事故の原因と関係あるんでしょうか」

「いえ、そう言うわけでは。お孫さんができるはずだったのに、尚更《なおさら》お辛《つら》かったのでしょうと……沢田さんにとっても」

「そりゃ……早苗はつわりがひどくて少しノイローゼ気味でしたけど、沢田さんが献身的に支えてくれてました……早苗はあの日まで幸せだったんです。だから、あの事故で沢田さんが責任を感じる必要はないんですよ」

「それで、もう十分だと仰《おつしや》ったんですか」

村田の言葉で、貴子に少し戸惑った様子が見られた。

「え？　ああ、それは……自分が入院中も、私の暮らしを心配して保険などの面倒な書類の手続きも全部やってくださったから……」

私はパソコン作業が苦手だから……と貴子は苦笑した。

貴子の言葉が真実なら、沢田はやはり事故の責任は自分にあるという自責の念に駆られて貴子の面倒を見ていたのか。

「良いご家族になるはずだったんですね……」

「ええ。でも、早苗は最後に良い人と出会えて幸福だったと思います。自分の子でもないのに、結婚して一緒に育ててくれようとしていたんですもの」

え……？

村田が弾《はじ》かれたように顔を上げた瞬間、バン！　と大きな音を立て、トースターから焼き上がった食パンが飛び出した。

『そうか……だから母親は娘の妊娠のことは伏せていたのか』

電話の向こうで、新堂が納得したような声を出した。『そこまでは想像してなかったな』

貴子は早苗の恥になるような事だから誰にも伝えていなかったと言ったが、貴子自身もその事実を知ったのは、事故の後だったと言う。

「妊娠の報告を聞いてから、貴子は子どもの父親は当然沢田だと疑いもしていなかったそうです。ですが、入院中の沢田に会った時に……」

村田は貴子の言葉を伝える。

《沢田さんは泣きながら私に謝って、本当の父親が誰であろうと、自分は早苗と子どもを幸せにしたかったのだと言いました。私はびっくりして、本当の父親は誰だと聞いたんですけど、早苗には聞いていなかったと言うんです。自分は子どもができない体質だから、自分の子ではないと分かっていたらしいんですが、早苗が隠しているのには訳があると思って聞けなかったと……》

『いや、それは信じられないな。普通はその時点で破談になるだろう？』

はあ……としか村田には言えない。

結婚も子供も、否《いや》、それ以前に恋愛と呼べるような、深い感情を交わし合った経験は無く、村田にとって、最も苦手な領域だったから。

新堂はすぐに察知したのか、『まあ、君もいずれは経験するだろうけど、女の人って結構怖いんだぜ』と笑った。

それは村田も知っている。

もうすぐ三十歳になるのだ。それらしき経験は多少ある。

学生時代に先輩の女性に翻弄《ほんろう》されたし、警察学校の同期の女性に、淡い恋心を一瞬で叩《たた》きのめされたことも。

唯一、交際まで進んだ地域課の女性職員は、夕方には浮き出てしまう村田の頬の髭《ひげ》を指して、《ずっと我慢してたけど、それってキモい……》と言い、翌日から連絡が途絶えた。

同世代の女性は、怖いというより全く理解不可能な生き物だ。

それ以来、村田は男女を問わず人間関係に一線を引くようになった。

当然、男女関係の機微にも疎いことは自覚している。

自分の子どもではないかもしれないと思っていても、愛する女性の子どもだったら実の父親として育てようと思えるものなのか——。

『その父親が誰かということは、沢田は絶対に知っているはずだな』

「何度も電話をかけてきた男の可能性もありますね」

事故の後から複数回《水谷早苗は殺された》という内容で、荻窪東署や貴子に電話をかけてきた男だ。沢田が帰国するこのタイミングで再びかかってきた電話は、明らかに沢田を疑っている証拠ではないか。その執拗《しつよう》さは、早苗に宿っていた子どもの存在と無関係ではないはずだ。

「そうだとしたら、沢田を疑って再捜査させようと考えるのも無理がないですね」

その男が本当の父親が自分であると知った時には、すでに早苗は自分の許《もと》を去っていた。けれど、男はまだ早苗に未練があり、子どもができたことで早苗が戻ってくることを望んでいた……？

「だったら、どんなことがあっても早苗と別れず結婚すれば良かったじゃないですか」

『だが、その男は結婚できない理由がある……』

「あ……既婚者だったとか」

不倫……？

『あるいは妊娠が分かる前に早苗にはすでに別な相手がいたとか……』

二人が交際を始めたのは事故の一年前。その半年後に婚約、同棲《どうせい》を始めた……。

貴子の話では、事故当時、早苗は妊娠五ヶ月ということだった。

『まあ、普通に考えれば、沢田と同棲を始めた後も親密に交際していた相手が父親なんだろうな』

早苗の交友関係で、それらしき男の特定を急ぐ必要があるな、と新堂は言い、少し遠くなった声で「今行く！」と誰かに叫んだ。

村田は久しぶりに使う緑色の受話器を元に戻した。

高円寺《こうえんじ》駅に向かう住宅街の中にある公衆電話ボックスの中だ。

堀ノ内の貴子の部屋を出てから都営住宅の敷地内のベンチに座り、新堂にメールで報告しようとスマホを取り出したが充電不足で起動しなかった。いつもはモバイルバッテリーを携帯するのだが、カバンのどこにも無く、どこかで無くしてしまったのかもしれなかった。

近くにコンビニや充電できるカフェなどは見つけられず、住宅街を10分ほど歩いて公園の側を通りかかり、敷地内に電話ボックスを見つけた。

早朝から電話をするのは迷惑だと思いつつ、手帳を取り出し新堂のスマホに電話を入れたのだった。

新堂と話すことで、頭の中を整理したかったこともある。

ボックスのガラス越しに見える公園内の時計は、まだ10時前。

公園内が閑散としていることで、村田は今日が平日であることに気づく。

休日ならば、この時間帯の公園には小さい子を遊ばせる父親の姿を多く見かける。村田が住む官舎の近所にある公園も、週末は同じような景色が見られる。

たまの休日に睡眠を取り返そうとする村田にとって、五階の村田の部屋にも届く乳幼児の甲高い声は工事現場の騒音同様、迷惑以外の何ものでもない。文句のひとつも言いたくなって起き上がるのだが、いざベランダに出てその光景を眺めると、自分と同じような年齢の疲れた顔の男が活発な男児と走り回っていて、父親になるというのはつくづく大変なことなのだな、と思っていた。以前、コンビニにでも行こうとその場所を通りかかったことがあるが、大森湾岸署に勤務する顔見知りの巡査が二歳くらいの男児と遊具で遊んでいて、元気すぎる男児の後を息も絶え絶えに、けれど幸福そうな笑顔で追いかけ回していたことがあった。

巡査は村田に気づいて照れたように挨拶《あいさつ》をし、『非番が一番地獄っすよ』と笑った。そして、『ヨメは普段は朝からずっとチビの世話をして、今は夜泣きがひどいんで毎日ろくに寝てないすから、非番の時くらいは代わらないと。ヨメは寝不足が続くとてきめんにご機嫌が悪くなって、メシがめっちゃ不味《まず》くなるんで……まあ、今時は男も積極的に子育てをするのが当たり前の風潮ですから仕方ないすよね』

ぼやいたり笑ったりする巡査は、『村田警部補は独り身で羨《うらや》ましいです』と足に絡みついている男児の頭をくしゃくしゃと撫《な》でた。

その時の巡査の、どこか誇らしげな言い方と、我が子の髪を撫でる手つきに、大げさに言えば、人生の余裕とか豊かさ……そう、生きる力や意味のようなものを感じた。

早苗が宿した子どもの父親も、そういうものを求めた……？

もしかしたら、既婚者であっても実子には恵まれなかった……？

貴子の部屋を辞する前に、村田は貴子からまた貴重な情報を得た。

それは、村田のスマホの中にある。

急いでどこかで電源を入れ、それを新堂に転送する必要があった。

高円寺駅を目指せば、途中に家電量販店があるはずだ。

公園から歩道に出ると、数人の保育士に囲まれてリヤカーのような押し車に乗せられたピンク色の帽子を被《かぶ》った保育園児たちとすれ違った。

そろそろ朝の散歩に出かける子連れの親子や、体操や日向《ひなた》ぼっこをする高齢者たちが集まって来るだろう。

遠ざかる保育園児の賑《にぎ》やかな声を、なぜか今日は煩わしく思うことはなかった。


光を取り戻した村田のスマホに、三人の男女の写真が映っている。

先ほど水谷貴子が村田のスマホに転送してくれた写真だ。

写真は二枚ある。いずれも早苗から貴子にラインで送られたものらしい。

一枚は、事故の約二年前のもので、早苗を真ん中に居酒屋らしき店内でジョッキを片手にカメラ目線で笑う三人だ。

写っているのは、早苗の他に、大学時代から親友だったというスズカという名の女性。

そして男性の方は早苗の異父兄で、町村康太《まちむらこうた》。貴子の最初の結婚でできた長男だと貴子は言った。

　つまり、貴子は早苗の父親とは再婚ということになる。早苗より二歳上の兄は早くから自立し、現在はストックホルムにある寿司《すし》店に勤務しているということだ。

『交友関係を全部親に話したりはしないでしょうけれど、早苗は小さい頃から友だちと遊ぶことが苦手な子で、大人になってからも友人は少なかったように思います。写真のスズカという子とは二《ふた》ツ橋《ばし》大学時代に同じゼミで親しくなったと……康太とは父親が違うせいか少し他人行儀なところがありましたけど、別に仲が悪かったわけではありませんよ。まあ、なかなか会う機会もなかったですけれど』

　異父兄の町村康太は、やはり早苗に面影が似ていて、丸い骨格に短髪の、いかにも料理人という雰囲気だ。

　スズカという女性は、その氏名の漢字や住所を貴子は聞いておらず、康太に電話で尋ねてみると言い、結果はすぐに連絡をくれることになっていた。

　親友ならば早苗が入省後も付き合いがあったと思われ、早苗の妊娠の事実も詳しく知っている可能性があるからだ。

　もう一枚は事故の半年ほど前のもので、早苗が一時休職することになった時に、職場の同僚たちが婚約祝いをしてくれた時のものらしい。

　ブーケを持った早苗を取り囲む同僚とみられる男女数人。端の方に、あの高橋純一がいる。そして、早苗に寄り添う男性と、背後におどけた表情をして両手でハートマークを作っている男性。そして、カメラ前に顔の上半分が写る上司らしい中年男性……。

大学時代から外務省を休職するまで、貴子の知る限りの早苗の交友関係は、その二枚に写っている人物くらいらしいと言った。

休職時の写真では、早苗の傍で笑う男性が沢田だと貴子に聞いた。

他に写っている人物の名前は聞いていないということだった。

沢田は昨日聞いたとおり、身長は高いが華奢《きゃしゃ》で神経質そうな顔立ちをしていた。

『この後すぐに、二人は婚約して一緒に暮らし始めたんです。それまで私には何も話してくれていなかったから、本当にびっくりしました』

高円寺駅前のカフェに入り、ワーキングスペースのカウンターで、村田はその二枚の写真を新堂のパソコンに転送した。

検索すると、町村康太が滞在しているストックホルムとの時差は7時間とある。

今はまだ夜中の時間帯だ。勤務している寿司店は夜も営業しているだろうが、康太は就寝中かもしれない。

貴子から連絡があるのは早くても昼頃だろうと思っていたが、村田が一杯の珈琲《コーヒー》を飲み終える頃に、貴子からのショートメールが届いた。

《康太と連絡がつきました。女性は日浦鈴香《ひうらすずか》という人だそうです。当時は北区王子《おうじ》に住んでいたらしいですが、あの後結婚したらしく現住所は知らないそうです》

事故の後から連絡し合うこともなくなり、旧姓しか分からないということだったが、携帯番号が記されていた。

数回のコール音が途切れ、女のくぐもった声と赤ん坊の泣き声が聞こえた。


王子駅に降り立つのは初めてだったが、指定された駅前のカフェはすぐに分かった。待ち合わせの時間まで、まだ20分近くあった。

セルフ式の店舗に入り、注文した紅茶を受け取り窓際の席に着く。

ガラス越しに通行人が行き交う姿を間近に見ることができ、村田は無意識に赤ん坊連れの母親の姿を探していた。

電話で聞いた声は不機嫌そのものだったが、村田が刑事だと分かると、明らかに緊張した声に変わった。『うちのが、また何か？』

水谷早苗の事故の件だと告げると、鈴香は安心したような声になった。

〈旦那《だんな》に前科《まえ》があるとか……？〉

王子駅近辺の所轄署に問い合わせてみようかと考えた時、目の前の席に、あの写真の女が腰を下ろした。

「村田さんですよね……秋元《あきもと》鈴香です」

先ほど電話に出た女だ。旧姓は日浦だと名乗った。

「あ……ご足労いただき申し訳ありません。お子さんは大丈夫ですか？」

姑《しゅうとめ》と同居しているので……と鈴香は言い、半分ほどになったアイスコーヒーが入ったプラスティックカップをテーブルに置いた。

「実はちょっと前から奥にいたんです」

「お忙しい中、申し訳ありません」

村田が名刺を差し出すと、鈴香は手に取りしげしげと眺めて怪訝《けげん》な顔をした。

「大森湾岸署……私に聞きたいことって、水谷早苗のことですよね？」

「はい。今は荻窪東署に出向しているのですが、まだ名刺ができてなくて……」

自分が名刺を作ることはないが、まんざら嘘ではない。だが、相手の警戒を解くために手帳を差し出す。

「あ、大丈夫です。警察の方は雰囲気で分かるので……」

何の自慢にもならないけれど、と鈴香は自嘲《じちょう》気味に唇を歪《ゆが》めた。

「で、早苗のことって……もう亡くなって一年以上経つのに？」

「当時の資料が不十分で、警察庁からもっと詳細なデータを作成するようお達しが来まして……」

「データ……？　わざわざ私のような、当事者でもない者の供述も必要だと？」

早苗と同じ国立二ッ橋大を卒業したはずだが、職に就いてはいないのか。

瘦身《そうしん》に茶髪。慌てて出て来たのか着古したスウェットにジーンズ姿で、化粧っ気のない顔にピンクの口紅が光っていて、その輝きが一層所帯やつれを感じさせる。

ふふふ……と鈴香は笑った。「普通の主婦が、供述、なんてさらりと言うからびっくりした？」

「あ、いえ……実は、水谷早苗さんのお母さんから、この写真を……」

スマホを差し出すと、鈴香は覗《のぞ》き込んで「ああ、これね。それで康ちゃんから私のことを聞いたってわけか」

「早苗さんとは大学時代からの親友と聞きましたが、早苗さんから、当時の交際していた男性について聞いていたことはありませんか？」

「ああ……もしかして、刑事さん、あのストーカーみたいなヤツのこと調べてたりして？」

「ストーカー……？」

「そう。前は同じ部署にいた男だって聞いてたけど、ちょっと付き合ったら、すっかりその気になったみたいで……両親に紹介したいだの、マンションを買うだのってすぐにでも結婚したい様子だったみたいよ。気の毒に、早苗にはそんな気全くなかったらしいけど」

鈴香が飲み干したタンブラーに残った氷をストローでカラカラと回す。

「その人の名前はご存じですか？」

「さあ。ああ見えて、早苗って大学時代からけっこういろんな男と付き合っていたし」

「早苗さんのお母さんからは、その逆のことを……」

「当たり前じゃない、親にそんなこと普通は言わないわよ」

鈴香は笑い、「でも、遊んでいたわけじゃなくて、早苗は割と真剣に結婚相手を探していたんだと思う」と当時を思い出すように窓の外に目を向けた。

「苦労して大学まで行かせてくれた母親を楽にさせたいって……それに、早く高収入の旦那を見つけて孫を抱かせたいって」

高学歴、高収入、そして、優秀な遺伝子……と付け加え、鈴香は鼻で笑った。

ストーカーの男は、その早苗の基準を満たしていなかったのだろうか。

「私、本当は嫌いだったのよ、早苗のこと」

突然、鈴香が言った。

顔を上げると、言葉とは裏腹に、鈴香は静かに微笑んで村田と目を合わせた。

「親友……ではなかったんですか？」

「親友だったけど……だからって、相手の全部が好きだとは限らないじゃない？」

そういうものなのだろうか……。

自分にはそういう面倒な付き合いは考えられない。

村田は曖昧《あいまい》に頷《うなず》いた。

「本人は私をずっと手下みたいに思って見下していたのよ。まあ、私もそれなりに早苗を利用していたけど……あの子、顔はイマイチだけど頭がいいから、卒論もタダで半分以上まとめてくれたし」

「最後に会われたのはいつ頃だったんですか？　外務省職員の男性と同棲《どうせい》していた頃ですか？」

その頃なら、早苗の妊娠に気づいていたかもしれない。

「その写真のすぐ後よ。私と康ちゃんが付き合うことになったと言ったら、すごい剣幕で反対されたから。私は康ちゃんには似合わないんだって」

あれは嫉妬《しっと》よ、と鈴香は笑った。

「まあ、私も外国暮らしなんて無理だと思ったから別れたけど、今の旦那よりは康ちゃんの方が良かったかもね……今でも私たち時々連絡しているのよ。あ、これは内緒ね。うちのにもだけど、特に康ちゃんのママにはね……」

早苗もそうだけど、あそこンちのママは康ちゃんを溺愛《できあい》してるから……。

延々と続きそうになる鈴香の身の上話に思わずため息が出そうになる。

「それで、それから早苗さんには？」

「一度だけ銀座《ぎんざ》で見かけたことがあるわ」

男と腕組んじゃって……。

「いつ頃ですか？」

「事故のひと月くらい前だったかな……」

「この写真の男性ですよね……？」

早苗の職場での写真を差し出すと、鈴香はスマホを覗いて弾んだ声を出した。

「そうそう！　超エリートを捕まえたらしいって康ちゃんから聞いてたし、早苗、すごく幸せそうだったもの。でも、この男の人は何だか暗い顔で人目を気にしてる感じだったわ」

鈴香は、村田が指そうとした顔とは別の人物の顔に人差し指を当てた。


「ああ、清々した……ちょっとの時間でも姑と赤ん坊から解放されて。悪いけど早苗に感謝しなくちゃ……うちの旦那、二回も職場からセクハラで訴えられて、示談金で家賃も払えてないんですよ。それで、警察官とか刑事とか、けっこう会う機会があったから……ほんと、早苗の言うことなんか聞かないで康太と結婚すれば良かった……今からでも遅くないかな、なんてね」

無言で写真を見つめる村田をよそに鈴香の声は続いていたが、手元のスマホが音を鳴らしたのを切っ掛けに顔を曇らせ立ち上がった。「うぜぇよ、ババァ……」と小さく聞こえたような気がした。

音が続くスマホを無視し、鈴香はどこか晴れ晴れとした顔で「あ……これ、よろしく」と村田の前にレシートを差し出した。

鈴香に小銭を渡し、その後ろ姿を眺めながら、村田はある思いに囚《とら》われていた。

もしかしたら……。

新堂も自分も、大きな勘違いをしていたのかもしれない。

村田は再びスマホの写真をじっと見つめた。

巡査　Ⅵ

昼食時の自由時間は、4時間近くあった。

午前9時に始まった工藤と地元商工会議所の幹部たちとの会合が長引き、有沢の機転でそのままランチミーティングに移行したらしいと、先刻津村から聞いた。

藤島は外務省の職員であることから、沢田の要請で席を共にしているという。

午後からは野党第一党の議員も極秘に出席する予定があるというが、秋の告示まで時間も足りず、工藤の出馬はかなり厳しいというのが、今朝の有沢の見解だった。

『立候補するって、そんなに簡単じゃないです。工藤氏は数年もすれば大使に昇格するのは確実なのに……』

沢田とそう話した際、『確実だから、人の予想を裏切りたい……工藤という人間の行動基準はそこにあると思います』と笑ったと言う。

工藤は未《いま》だ真帆や津村とろくに目も合わさず、口も開かない。

周囲が気を遣うことに疑問を持たずにいられる立場の者は、一様に横柄だ。14時からは別グループとの会合も予定されていることから、警備のために同席している有沢と藤島が休憩の時間を得ることは難しいだろうと思った。

今朝も6時きっかりにアラームで真帆が飛び起きた時、隣のベッドはすでに空だった。昨夜、有沢がベッドに入った途端に寝息を立てていたのは覚えている。

以前有沢が、自分は筋金入りのショートスリーパーであると言ったことがあった。

昨日の羽田からの機内でも、僅《わず》か1時間半の飛行時間の半分は寝息を立てていた。

そのオンオフの切り替えのスムーズさをつくづく羨《うらや》ましいと思いながら、真帆は重だるい身体を引きずるようにしてシャワー室に向かった。

後で分かったが、5時前に起床した有沢は、ホテル周辺をジョギングし、空港内にある温泉施設の大浴場で汗を流したそうだ。

朝食後、今日一日の警備体制の打ち合わせがあり、ホテル内に貸し切った特別会議室に工藤たちが入ったのが9時過ぎ。津村と真帆は会議室周辺の警備を担当することになったが、そもそも特別会議室のある階に入るにはホテルから貸与されたICカードが必要であり、通路は監視カメラが死角なく配置されてあった。

『会合が終了するまで、我々は必要ないということですね』と津村が明るく言ったように、二人にこれといった仕事はなかった。

昼食を誘う津村に笑顔で断りを入れ、真帆は一人でターミナルビルにあるラーメン店に向かった。

今回の出張から休暇明けまでは、自分の血糖値は忘れようと決めていた。

だが、どうしてもラーメンを欲していたわけではない。

昼食くらいは、一人で誰にも気兼ねせずに食べたかった。

否《いや》、一人の時間が欲しかった、というのが本音だ。

長時間、他人と行動を共にするというのが、真帆は小さい時から苦手だった。

一人っ子で、いつも大人に囲まれて育ったせいかもしれない。

特に真帆の周囲の大人たちは、母親を亡くし、父親は行方不明という環境を憐《あわ》れみ、静かに真帆を注視し続けてきた。

その絶えない視線が真帆を頑《かたく》なな大人に仕立て上げ、その頑なさを気取られないよう飄々《ひょうひょう》と生きているフリをしていた。

おそらく、今も。

『そんなにカッコつけないで、楽に生きたらいいのよ。だから、早くちょっと鈍感なくらいの旦那《だんな》候補を見つけて初孫を抱かせてちょうだい』

曜子の声を頭の隅に復活させながら、ネット上の口コミで高評価の帆立味噌《みそ》ラーメンを啜《すす》っていると、上着のポケットでスマホが音を立てた。

「有沢です。至急会議室に来てください！」

その緊迫した声に慌てて箸《はし》を置いて飛び出すと、反対方向から津村が走って来るのが見えた。互いに頷き合い、エレベーターに飛び乗る。

まさか、誰かの身に……。

お互い、緊張のせいか言葉が出ない。

特別会議室のある階に走りでると、通路の一番奥にある部屋から警備員に誘導されて早足で出て来る数人の姿があった。

その一団とすれ違い室内に飛び込むと、ランチミーティングの途中だったと見られ、マホガニーのテーブルの上に数人分の豪華な懐石弁当が広げられていた。

室内には有沢、沢田、藤島が困惑顔で立ち尽くし、工藤は平然と食事を続けていた。

すぐに有沢が駆け寄って来る。

「これが、つい5分ほど前に……」

有沢は神妙な面持ちでタブレットを差し出した。

画面に見えるのは、望遠レンズで撮影されたとみられる写真だ。

南国チックなバルコニーのデッキチェアーに、バスローブ姿で寝そべる男の姿が映っている。

「これは、ワシントンのご自宅ですか？」

津村が尋ねると、口を濁す工藤に代わって沢田が答えた。「公使のハワイの別荘です。公使は毎年休暇にご家族とこちらに……」

「問題は……」と有沢の指がスライドする。

あっ！　と真帆と津村が同時に声を出した。

画面いっぱいに《工藤を必ず殺す》と赤文字で書かれている。

油性マーカーらしき手書きの文字だが、活字を印字したものより遥《はる》かに迫力がある。

「やっぱり、共犯者がいたんですね」と津村。

「捕まった男がこれを送ることはできないですからね」と藤島。

「公使の別荘を知る者は極少数です。撮影されたのは昨年末のようですが、犯人自ら撮影したのか、現地人に依頼したのか、何《いず》れにしても隠し撮りですから悪意がありますね」

「単なる悪戯《いたずら》ではないようですね。やはり応援を要請しますか？」

有沢が沢田に訊《き》いた途端、それまで他人事《ひとごと》のように豪華な弁当を突《つつ》いていた工藤が口を開いた。

「あまり騒ぎ立てないでくれ。公には私はもう渡米していることになっているんだ」

「しかし……」と言いかけた津村の言葉を奪い、真帆は思わず叫んだ。

「殺されても構わないんですか！」

有沢を始め、誰もが息を呑《の》んだことが分かった。

真っ先に声を出したのは、沢田だ。「公使に、そういう言い方は……」

「すみません。椎名巡査は公使の身を案じて、つい……」

有沢が事を収めようと頭を下げるのを見て、真帆の脳が沸騰した。

「違う！　公使だけじゃないんだよ。現に入間でSPが撃たれたでしょうが！　ここにいる全員が脅迫されているってことじゃないの！」

全員が呆気《あっけ》にとられて固まり、数秒後、津村が自衛官らしい滑舌の良い声を上げた。

「そうですね。ホテルや空港にいる一般人に危険が及ぶことだって考えられます」

その声が響く中、工藤が高らかな笑い声を立てた。

「君らは、沢田に雇われた警備員だろう？　最初から気に入らなかったんだが、自衛官の君はともかく、小柄な女刑事がどうやって私を守るんだ？」

工藤は、初めて真帆と目を合わせた。

「君に守ってもらうほど年寄りのつもりではないんだが」

威圧的に言い、工藤は音を立てて箸を置いた。

それがまた脳に激しく響き、真帆は唇を嚙《か》んで工藤を睨《にら》みつけた。

「公使、それもパワハラやセクハラになりますよ。気をつけてください」

有沢がやんわりと窘《たしな》めると、工藤はいきなり立ち上がって大きな声を出した。

「沢田！　次の予定を進めてくれ。まだ連中とは確約が取れてないんだ。そんな脅しに怯《ひる》んでいる時間はないんだぞ！」

「しかし、ここで警察沙汰《ざた》になれば、入間の銃撃事件の標的は公使だったとマスコミに知られてしまいます！」

すると、工藤はニヤリと嫌な笑いを浮かべ、「その時は、私の里帰りは先祖の供養だったという筋書きをマスコミに流せばいいだろう。それくらい考えられないのか、おまえ」とコップを持ち上げた。

すかさず水差しから水を注いだのは藤島だ。

「それより、退官した前駐米大使のお見舞いに馳《は》せ参じた、という方が美談になると思いますが……なあ、沢田」

「お、それだ！　君、なかなか賢いな。うん、それだ、それがいい」

真帆、有沢、津村の怪訝《けげん》な様子を見て、沢田が説明をする。

「前任の大使も北海道出身なのですが、一昨年、膵臓《すいぞう》ガンが見つかり帰国して札幌のホスピスにいるんです」

「それなら、本当にお見舞いに伺えばいいじゃないですか」

少し声のトーンを抑えて真帆が言う。が、固く握った拳《こぶし》の震えは止まらない。

「君のようなお嬢ちゃんに何を言っても無駄だろうが、次の会合が今回の最大の目的なんだ。私には野党議員の後ろ盾が必要なんだよ。分かるか？　余命幾ばくもない者の見舞いに行って何になる！」

「公使！　椎名巡査は……」

有沢が取り繕おうとするが、真帆は構わず続けた。

「お見舞いに行く方が、こんな資金集めの行脚よりずっと警護のしがいがあります」

「何を……たかが巡査の分際で、この私を愚弄《ぐろう》するとはいい根性してるな。警視庁の刑事も質が落ちたものだ」

呆《あき》れた様子で工藤が腰を上げようとした時、有沢の低い声が響いた。

「公使、私が選んだ仲間の悪口はいい加減にやめてもらえませんか」

「仲間だと？」

「はい。私の大事な仲間です。津村さんも藤島さんも、こんな馬鹿げた警護に付き合ってくれたんですから」

馬鹿げただと……と唸《うな》りながらみるみる紅潮する工藤を沢田が必死に宥《なだ》めるのを見て、真帆が有沢の袖《そで》を突いた。

「有沢……もういいよ。ダメだ、このオヤジ」

小声で言うと、背後にいた津村のクスリと笑う声が聞こえた。


「で……どうする？」

工藤たち外務省の三人と、野党第一党に所属する人物等との会合が始まった直後、真帆たちは一階下にある別室で顔を突き合わせていた。

「この脅迫画像は、私の公用アドレスに届いたものです。同じものがやはり沢田さんのPCにも……入間の事件もありますし、単なる悪戯ではないはずです」

「自分もそう思います。ここは道警の協力を得るべきだと考えます」

きっぱりと津村が言う。

「班長に相談してみようかな」と真帆がスマホを開くと、吾妻からのラインに気づいた。

《時間あったら、電話くれ。忙しいようだったら有沢警部の電話番号知らせてくれてもいいけど》

何だよ……。

「極秘に警察庁から道警に依頼することは可能ですか？」

「難しいと思う。現時点では管内で事件が発生したわけではないし、道警は今、署内上層部の汚職事件に忙殺されていて、私的な警護に人員を回す余裕はないと思います……」

背後に有沢と津村の会話を聞きながら、そっと通路に出る。

コール音が一度鳴っただけで、すぐに吾妻の声が聞こえて来る。

『おい、沢田ってヤツ、有沢警部と一緒か？』

「何よ、いきなり……」

『班長が屋上で電話してたんだ。沢田が、とか外務省がどうとか言ってたから。きっと電話の相手は村田っていう刑事だぜ。ほら、班長と村田が極秘に何か捜査してるってフルさんから聞いたって言っただろ』

ああ……と思い出す。

村田に関することなら自分には話してくれても良さそうだと思ったが、新堂があえて話さないのであれば、余程の極秘捜査なのかと思っていた。

それなら、村田が自分に返信などをしている時間はないのだろうと、一応納得できる。

「盗み聞きしてたわけ？」

荻窪東署の屋上は喫煙者の憩いの場で、新堂は一日に数回ほど足を運ぶはずだ。

新堂の姿が見えない時は、屋上か駅裏の喫茶店を捜せと言われている。

『そうじゃなくて。たまたま外の空気が吸いたくなって上がって行ったら、班長の声が聞こえたもんだから……そりゃ、聞いちゃうだろ。俺だって、本当は同行するはずだったんだし』

「沢田さんがどうしたって？　他になんか聞こえなかったの？」

『いや、別に……ただ、その沢田っていうヤツには気をつけた方がいいって有沢警部に伝えてくれないか』

「だから、その話の内容、全部聞いて知ってるんでしょ？」

聞いているはずだ。

だから、自分に連絡を取ろうとしたわけだし……。

『……はっきりと聞いたわけじゃないけど、その沢田っていう男が関係した交通事故の件で、班長と村田が再捜査してるみたいでさ』

吾妻のことだ、聞こえたワードで交通事故調査の捜査資料を検索したはず。

「その事故の捜査データをタブレットに送ってくれない？　その方が話は早いし、ちゃんと有沢警部に話しておくからさ」

早口でそう言い、何かブツブツという吾妻の声が聞こえたが電話を切った。

面倒だったわけではなかった。

話している途中に、通路のエレベーターから沢田が出て来るのが見えたからだ。

真帆に気づき、「ご苦労さまです」と少し頭を下げ、沢田は有沢たちがいる部屋のドアノブにカードを翳《かざ》そうとするが、ふと、手を止めて真帆を見た。

「先ほどは工藤が失礼なことを申しまして、どうかお許しください」

「あ、こちらこそ……生意気なことを言っちゃって」

一応頭を下げるが、本音であるはずがないのは沢田にも分かっているのか、「椎名さんは間違っていませんよ」と少し笑った。

その笑顔は、初めて見る沢田の柔らかな一面で、有沢はこの笑顔にやられたのだろうと真帆は思った。

何となく、その気持ちが分かるような気がした。


沢田に続いて室内に戻り、すぐに鞄《かばん》の中からタブレットを出す。

すでに吾妻からのメールが届いているはずだった。

沢田は工藤たちの会合が長引く様子で席を外したと言い、緊張を解いた表情でソファに座った。「少し頭痛がするので、あとは藤島に任せました」

「お疲れさまです。珈琲《コーヒー》はいかがですか？」

早速、気遣いを見せたのは、有沢ではなく津村だ。

自衛官という職業からか、その人柄からか、津村は見た目より細やかな神経をしていると改めて感心しながら、吾妻からのメールに添付されている資料を開いた。

それは、一年前に起きた乗用車とトラックによる衝突事故の実況見分調書と被害者の供述調書だった。

真っ先に真帆の目に飛び込んできたのは、被害者の氏名だ。

沢田広海　三十四歳　外務公務員とある。

〈沢田さんが被害者……？〉

真帆は斜め前に座り、珈琲を飲んでいる静かな面持ちの沢田をちらりと見る。

「沢田さんも少しは休まないと、ずっと公使の相手をしているのではストレスで体を壊しますよ」と言う有沢に、ゆっくりと顔をあげて、先刻、真帆に向けた時と同じような柔らかい笑顔を見せる。

「仕事ですから。有沢警部は勇敢な方だから上司の顔色を窺《うかが》うことは少ないでしょうが、私は入省してからずっと工藤公使に目をかけてもらっているので、逆らう勇気が出ないんですよ……」

聴きながら、真帆の目はタブレットの文字を読み進めて行く。


【場所は杉並区高井戸東の都道環状八号線。通称「環八《かんぱち》」。

品川方面に向かう上り車線を走行していた乗用車が、雪道でスリップして反対車線に飛び出し、板橋方面に向かって走行していたトラックと衝突。

死亡者は乗用車を運転していた三十代の女性一名。助手席に同乗していた男性は肋骨《ろっこつ》数本と右大腿《だいたい》部骨折などで全治三ヶ月の重傷を負った……】

〈……この男性が沢田？〉

室内に、津村の大きな笑い声が響く。

「それは、大変ですよね。仕事だけならともかく、私生活の後始末までなんて……」

「でも、その逃げた犬が、二日後に自力で帰って来たのでホッとしましたよ。公使夫妻には息子さんしかいなくて、その犬が娘代わりだと言って可愛がっていた子ですから……」

久しぶりにリラックスできたのか、沢田の口が軽い。

【……トラックは中型の4トン車で、走行中、反対車線から回転しながら中央分離帯を越えて来た乗用車の側面に衝突。トラックの運転手は軽傷で済んだ。時刻は深夜2時過ぎ。

当日は夕方から小雪が舞い、前々日から三月にしては観測史上初めての大寒波に見舞われていた。事故原因は、乗用車を運転していた女性の過失運転とある……】

「沢田さん、ご結婚は？」

津村の率直な質問に、隣席の有沢の緊張が伝わり、真帆も沢田に顔を向けた。

「あ、いえ……そんな余裕ありませんよ。両親や兄弟からはうるさく言われているんですけどね……」

照れ臭そうに答える沢田に、有沢も緊張を解いたように背もたれに体を預け、「うちも同じです。親って、結婚するのが当たり前だった時代は終わったことに気づかないいんです」と笑いながら言う。

「そうそう。うちも毎日のように言われますよ。早く孫が欲しいって……」

黙っているのも不自然だから、合いの手のように真帆は言い、再びタブレットに目を戻し、沢田の供述調書を読み始める。

【私と彼女は初夏に結婚式を挙げる予定であり、その日は私の友人宅に披露宴の相談のために訪問し、ワインやスコッチを痛飲しました。帰る頃には私が酩酊《めいてい》していたため、飲酒しなかった彼女が運転を代わり、二人で住む世田谷のマンションに帰る途中でした……】

〈へえ……本当は婚約者がいたんだ〉

真帆は横目で沢田の静かな横顔を見る。

【私は雪道にもかかわらず普通タイヤで走行することが不安で、タクシーに乗り換えるか運転代行を依頼しようと訴えましたが、彼女は北国育ちで雪道の運転には慣れていると主張し、実際、環八に入るまではスリップすることも無く、静かに走行していました。けれど、事故の数分前から結婚式の招待客に関することで口論となり、激昂《げっこう》した彼女が急にアクセルを踏み込んだのです。恐怖を感じた私が降ろしてくれと懇願すると、今度は彼女がいきなりブレーキを踏んだのです。その後のことは記憶が曖昧《あいまい》ですが、タイヤがスリップして視界が回転し、大きなクラクションの音と眩《まばゆ》い光が近づいたことを覚えています】

真帆は昨日の有沢の言葉を思い出す。

『……そういう打算で働く人ではないと思います。今の自分があるのは工藤氏のお陰だと仰《おっしゃ》ってました……それに、あの人には想像を絶するような悲惨な過去があるんです』

想像を絶する悲惨な過去というのは、この事なのか……？

この供述調書どおりであれば、不幸が重なった死傷事故だ。

だが、新堂と村田はこの事故の再調査をしている。

真帆は沢田の横顔をじっと見る。

〈班長はこの事故に事件性があると疑っているということ……？〉

「……そうですか。自衛官という職業に就くのも大変な覚悟がいるんですね」

沢田の声が、それまでより大きく真帆の耳に響いてくる。

「いやぁ、そんな大袈裟《おおげさ》なことではありません。企業勤めが嫌で公務員を目指しただけですから……どちらにしても、人間関係で悩むのは同じだったということが分かりました」

背筋を伸ばしてソファに浅く腰掛けた津村が、その姿勢のまま豪快に笑い、いきなり真帆に声をかけた。「椎名さん、警察も上下関係が相当厳しそうですね」

その声に、慌てて真帆は沢田から視線を逸《そ》らし、まあ……と笑顔を返す。

当たり前ではないか。

「でも、椎名巡査は上司に恵まれています。今は警視庁に出向してますけど、本来は荻窪東署の刑事ですもの。あの署の刑事さんたちは皆さん人格者です」

有沢の言葉の途中で真帆は沢田が自分に顔を向けたのが分かった。

「所轄の刑事さんだったんですか。一課のイメージとはちょっと違うとは思っていましたけれど……そうだったんですね」

口を開いたのは、津村だ。

「あら、藤島さんから聞いているかなって……別に隠していたわけじゃないですよ」

「いや、全く知りませんでした。頂いた名刺にも警視庁捜査一課とありましたし。でも、所轄の方が椎名さんにはピッタリな感じです」

同意を求めるように津村が沢田に顔を向けると、沢田は穏やかな笑顔で頷《うなず》いた。

「有沢警部の言うとおり、私、在籍している荻窪東署では上司に恵まれているんです。おかげで警察官を辞めずにここまで来たんです。今いる捜査一課は最悪。私ってエリートが集まる最前線には向いてないんですよ」

沢田の反応を意識しながら、口を滑らかに動かした。

「そんなことはありません。公使のような超エリートに対して臆《おく》することなく意見が言える勇気があるんですから」と津村。

アンタじゃない……。

顔を上げると、沢田と視線がぶつかった。

「荻窪東署には、真のエリートがいらっしゃるようですね。羨《うらや》ましいです」

「そんな……私などより本物の現場のプロがたくさんいます」

そう。あなたと話がしたかった……。

「沢田さん、ご出身は東京ですか？」

有沢が話を変えた。沢田の個人的な情報入手の機会を窺っていたかのように。

もっとも、真帆とはその意味はまるで違うのだろうが。

「神奈川です。でも、中学からは都内に通っていましたから、あえて神奈川だと言うことは少ないのですが……」

「沢田さん、大学時代から杉並の浜田山《はまだやま》に住んでらっしゃったそうですね。兄から聞きました。卒論で行き詰まった時、泊まり込みで教えていただいたと……」

え？　と沢田を見る。

「ああ……そんなこともありましたね」

杉並区浜田山は、都内西部の高級住宅地のひとつだ。

「うちの管内ですね。今でもそちらに？」真帆がさらりと訊《き》く。

「いえ、両親ももういませんし、今は都内に住居はありません」

当分、帰国しないつもりですから、と沢田が少し声のトーンを落とした。

「うちの署にいらしたことは？」

明るい声で言ってみる。

「ありません。警察署なんてそうそう行く用事はないですよ」

有沢が呆《あき》れたように言うと、沢田が軽い笑い声を立てて真帆に向かって首を左右に振った。「交番には行ったことがありますよ。財布を落として紛失届を出しに行ったんですけど、拾った人が届けていてくれて助かりました」

「そうですか……うちの署は地域課も充実していて、管轄外でも何かお困りのことがあったらご相談ください。きっとお役に立てると思います」

「それは頼もしいですね。帰国することがあったら、ぜひ……」

沢田の顔色に変化は無い。

一年前の事故の時に、必ず荻窪東署に出向いているはずだ。

三ヶ月の入院の間も交通課から事情聴取を受けたはずだし、退院後に、書類の手続きなどで少なくとも一度は足を向けている。

なぜ、それを隠すのか……。

――と、誰かのスマホが音を立て、「ちょっと失礼します」と有沢が席を立った。部屋を出て行くその後ろ姿を見ながら、吾妻からの情報を有沢に転送すべきかどうか、真帆は少し迷った。

事故に事件性があり沢田が関与しているのなら……。

有沢のことだ。躊躇《ちゅうちょ》なく沢田を問い詰めかねない。

沢田には、荻窪東署との関わりを隠しておきたい理由があるのだから、真帆たちが知ったことでガードが固くなるのは必至だろう。

それよりは、何も知らないふりをして沢田の内情に近づくことが賢明ではないか――。

「予定では今夜の便でワシントンへお戻りになると聞きましたが、それまでに会合は終わりそうですか？」

個人情報ばかりに話題を振るのは怪しまれると思い、真帆は話題を変えた。

「難しいでしょうね。一応明日の午後便の予約は入れてあります……都知事選への挑戦など、工藤が考えているよりずっと難しいと思います。都知事選は圧倒的に現職が有利ですからね。選挙資金集めを優先するより、都民が驚くような具体的な政策を打ち出して知名度をあげれば、お金は自然に集まります。順序が違うんですよ。公使はそれが分かっていないんです」

沢田が一気に饒舌《じょうぜつ》になる。

「そうですよね。さっさと外務省をやめてテレビやSNSで日米の外交問題の論説員とかになった方がいいのに……」

それらしい相槌《あいづち》を打ちながら、真帆は新堂にメールを打ち始めた。「すみません、ちょっと仕事の連絡があって」

沢田の視線が気になったが、真帆を警戒するような素振りも見えず、津村とまた航空祭の話をし始めた。

《班長が調べている沢田二等書記官の事故と関係があるのか分かりませんが、今日、沢田氏のアドレスにまた工藤公使の殺害予告の画像が届きました。公使一行は明日の午後に渡米します》

有沢が嬉々《きき》として部屋に走りこんだのは、その数分後だった。

「入間の、発砲前後の映像が来ました。観てください！」

管制塔の監視カメラから撮られた映像は、真帆の推測どおりの展開を見せた。

警部補　Ⅵ

昼過ぎ、村田は荻窪東署にまた戻った。

新堂班のブースには若い刑事がパソコンに向かっているだけで、古沢や吾妻の姿は無かった。

「そうか、この男が……」

村田の説明を聞き、新堂はパソコンに映し出された写真を見つめて唸《うな》った。

新堂にすでに送っておいた二枚の写真のうちの、職場で撮られた方の写真だ。

『……早苗、すごく幸せそうだったもの』

そう言った後に続けた鈴香の言葉を、村田は思い起こしていた。

『……早苗は、本当は年上の男がタイプなのよ。父親が早くに死んじゃったから、ファザコンっていうの？　でも、そういう男ってもう所帯持ちだったりするじゃない。だから、結婚相手は年下の男を選んだのかな。でも、この男と堂々と腕組んで歩いてたし……あの子は相変わらずだなって思ったわ』

「まさか、こっちの男性だとは思わなかったですね」

「俺たちの想像力も大したことないって証明されたようなもんだな」

その男の顔は、少しピンボケで、おまけに顔の上半分しか写っていない。

一緒に写る気はなくうっかりカメラ前で顔を上げた、というタイミングなのだろう。

年齢は髪に交じる白髪が多く見られることから、四十過ぎではないだろうかと思った。

「秋元鈴香は沢田以外の男の名前は知らないそうです」

写真提供者の水谷貴子も、同僚の名前は聞いていないと言っていた。

「外務省に聞けば分かるが、上を通さないと教えてはくれないだろうな」

村田はすぐに高橋李莉子の顔を思い浮かべた。

夫の純一も写っている写真だから、一緒に同じ写真を見た可能性もある。

純一が個人情報の提供を拒む可能性はあるが、あの李莉子なら……。

「この男が早苗の子どもの父親だと仮定して……自分の代わりに父親として育ててくれる沢田に何故恨みを持つのかな」

むしろ、恩義を感じる方が普通ではないか、と新堂が考え込んだ。

「秋元鈴香が早苗とこの男を銀座で見かけたのは、事故のひと月前……その時、早苗は妊娠四ヶ月くらい……ということは、この男との付き合いは、沢田と婚約してからも続いていたってことか」

「沢田はそのことを知っていたんでしょうか」

「さあな……だが、高野巡査が聞いた沢田のうわ言の意味はそのことかも」

そうだった。

『俺は知ってるんだ……全部知っているんだ』

事故直後、意識を失う前に沢田が繰り返していたという言葉だ。

「早苗のお腹の子どもの父親を知ろうとしなかったというのが、どうしても理解できなかったんですけれど、やっぱり沢田は知っていたんですね」

「知っているのに、知らないふりをしていた……」

新堂が呟《つぶや》いて村田を見る。

「知っていても責めることができなかった理由がある……」

後を追うように村田が呟くと、新堂は目を合わせたまま深く頷《うなず》いた。

——と、新堂のデスクの内線が音を立て、それをきっかけに村田は立ち上がった。

「この男の名前を調べて来ます！」

「あ、ちょっと待て！」と内線の受話器を耳にあてたまま、新堂が呼び止めた。

「まだ顔色が悪いから、無理すんじゃないぞ！」

「はい。この男の素性が分かったら、すぐに連絡します」

「頼む。子どもの父親が分かれば、だいぶ謎は解けるからな」

嬉《うれ》しげに言い、新堂は「ちゃんとメシを食えよ。領収書忘れずにな」と笑顔でピースサインを作って見せた。

笑顔を返して通路に出ると、入れ替わりで入室しようとする男とすれ違った。吾妻だ。

「領収書は班長じゃなくて、経理に直接がいいよ」

新堂の声が聞こえたのか、足を止めた吾妻が真面目な顔で言った。「班長に渡すと無くされちゃうからさ」

村田は少し笑って、頭を下げた。

同世代の他人に、自然に笑顔を返すのは久しぶりだった。

やはり自分は、自分自身が思うより偏屈な人間なのだと実感する。

その偏屈な人間を素直にさせる何かが新堂班にはあるのだ。

体の芯《しん》を温められたような思いで署を後にし、幹線道路に出てタクシーに乗り込んだ。

熱もなく、雨が降っているわけではなかったが、またバスで善福寺に向かう気にはならなかった。

新堂に指摘された顔色の原因は、先日から続いている寝不足にあるが、体力云々《うんぬん》というより、気が焦っていた。

善福寺のマンションに着いた時、どこからか17時を告げるチャイムが聞こえて来た。陽はすでに傾き、建物内には夕餉《ゆうげ》の匂いが漂っている。

「こんな物、わざわざ返しにきてくれなくても……」

ドアの内側で、昨日より化粧っ気のない李莉子が目を丸くしたが、すぐに怪訝《けげん》な顔つきになり、「また何か……？」と不機嫌な声を出した。

村田が差し出したビニール傘を受け取り、「純ちゃん……主人はまだ帰ってないから、ここでいいですか？」と言う。

タクシーを降りてからコンビニで買ったビニール傘は、昨日借りた傘とは違う色の柄だったが、李莉子は気づいていないようだった。

「この写真を見ていただきたいだけです」

差し出したスマホを覗《のぞ》き、李莉子は「ああ、この写真……」と頷いた。

「ご覧になったことあるんですか？」

「だって、これ純ちゃんのスマホに保存してあったわよ」

そう言ってから、「あ、別に黙って見たんじゃなくて、たまたま……」

慌てる李莉子に笑顔を向けて、「この男性をご存じですか？」と村田は写真の白髪交じりの男を指した。

「さあ……ピンボケしてるし、これじゃ分かんないわよ。後ろは沢田さんと早苗さんと……あ、この人は結婚式に来てたけど、何て言ったかな」

「ありがとうございます。ご主人ならお分かりでしょうから、また……」

「それなら、純ちゃんのスマホに送った方が早くない？」

高橋純一から連絡があったのは、18時半近くだった。

村田のスマホ画面を李莉子が写メして純一に送ってから、約1時間経っていた。吉祥寺《きちじょうじ》のファミレスで、珈琲《コーヒー》を二杯飲み、ほうじ茶を取りに行こうとしたところだった。

『写真見ましたよ。私から聞いたと言わないでもらえるなら、何でも質問してもらって構いませんよ』

「もちろん、情報源は漏らしません」

『このピンボケで写っているのは、元上司だった工藤です。今はワシントンの日本大使館の公使ですよ。今、沢田と帰国していて、昨日の入間基地の航空祭に出席していたはずです。発砲事件があったのはもちろん知ってますよね。まさか、外務省への嫌がらせかなんて職場で話してましたけど……ああ、言えませんよね、刑事さんの口からは。それで、沢田と早苗さんの後ろでおどけているのが藤島秀一、後は研修生たちですよ』

少し酔っているのか、高橋の話は長々と続いているが、その声は村田の耳には届いていなかった。

『……写ってるヤツらの名前、メールで送りますよ。もちろん、これも内緒でよろしく』

半ば呆然《ぼうぜん》としながら、高橋に礼を言う。

「うちの嫁、この写真持ってるはずなんですけどね。写真やメールを隠し撮りしていることを純一は知っているのかな。わざわざこんな面倒なことを……」

李莉子がスマホをチェックして、写真やメールを隠し撮りしていることを純一は知っていると言い、「女って面倒臭いですよね。うっかり結婚するとろくなことないですよ」と笑った。その声に混じり、微《かす》かに誰かの歌声が聞こえている。

「たまにキャバクラくらい来ないと。刑事さんも今度一緒にどうですか」

ヒマがあったら電話でもくださいと言う純一に口先だけの礼をまた言い、電話を切った。

頭の中には様々なピースが蠢《うごめ》いていて、治ったばかりの頭痛が蘇《よみがえ》る。

途端に水谷貴子の家でトースト一枚を食べただけだったことに気づき、テーブルの隅にあるタッチパネルを取り上げた。

消化に良さそうなチキンドリアを注文する。空腹のためというより、食後に鎮痛剤を飲むためだ。

温かい紅茶を飲んでいると、高橋からショートメールが届いた。

写真に写る人物数名の氏名が、左端から順番に書かれている。

新堂にそれを転送し終えると、ネコ型配膳《はいぜん》ロボットが賑《にぎ》やかな音を立てて近づいて来た。

『驚いたな……今、外務省の広報ページで、顔を確認したよ』

村田のメールを読んだ新堂から電話があった時、村田は吉祥寺のビジネスホテルにいた。

荻窪東署にまた戻るのは、さすがに気が引けた。

今回の捜査は、主な範囲が都内西部に限られている。

体調は戻ったが、いつまた不調になるか自信が持てなかった。

そんな自分を少し情けなく思うが、今夜は熟睡したかった。

ネットで空室を検索すると、吉祥寺駅近くのビジネスホテルは、外国からの旅行者の予約で満室だったが、駅裏にある古いホテルに一室だけ空きがあった。

ファミレスやカフェのように他人の話し声や騒音を気にする必要もなく、新堂ともゆっくり話ができ、我ながら良い選択だと思った。

『工藤秋馬、四十九歳。君が言ったとおり既婚者だ。早苗とは不倫関係だったということになるな』

「工藤が子どもの父親かもしれないと、工藤本人も沢田も知っているんだとしたら……」

『普通の感覚じゃ理解できない関係だな』

「ええ。工藤が駐米公使として渡米する際、沢田は二等書記官として一緒にワシントンに勤務することになったんですよね……」

『二人の間に密約があったと考えるのが自然か』

こういうことでしょうか……と村田が推測した筋書きを話し始める。

沢田は、同棲を始めてから早苗の妊娠を知った？

だが、沢田は子どもができない体質だから、自分の子どもではないことを知っていた。

最初は、早苗が以前交際していた男とヨリを戻したのかと思ったが、早苗のスマホに保存されていたスケジュール帳、あるいはメールや写真から、工藤の存在を知る。

沢田は、その事実を工藤に伝え、公にしない代わりに自分の昇進を約束させる……。

『有り得るが、それが早苗の事故とどう繋《つな》がるか。まさか、工藤に殺害を依頼されたわけでは……』

「沢田が同意するわけはないでしょうね。工藤は、早苗や子どもがいなくなれば沢田の脅迫を無視できるでしょうが、沢田にとっては、早苗と子どもの存在が出世を約束してくれるのですから、やっぱり沢田が故意に事故を起こさせたとは思えませんね」

半世紀ほど昔であれば、政治家や官僚の女性関係は刑事事件にでもならない限り世間を大きく騒がせることはなかった。だが、最近は既婚者の女性関係に世間の反応は敏感だ。

沢田は以前から工藤が都政参加を目論《もくろ》んでいることを知っていたに違いなく、半年後の告示後に工藤が現職の対抗馬となった時点で、工藤の醜聞をマスコミに流すことで復《ふく》讐《しゅう》を遂げるつもり……とか。

けれど、工藤が失脚すれば沢田は大事な後ろ盾を無くすことになる……。

「やっぱり、無理がありますね。あの事故は直接工藤には関係ないのでは？」

早苗の子どもの父親が分かれば、沢田の二人に対する恨みからの犯行——なんらかの方法で——と考えることもできたが、相手が工藤では話が変わってくる。

少し間があって、トーンを変えた新堂の声がする。

『実はこっちもちょっと面白いことが分かったんだ』

「何ですか？」

『今夜は家でゆっくり寝るんだったら話すが……』

時計の針は19時を過ぎている。

ホテルにいるとは新堂には告げないことにする。余計な心配をかけたくはなかった。

「でも、せめて状況証拠だけでも固めないと……まさか今夜中に渡米することは」

『ないない、さっき椎名から連絡があったが、早くても明日の午後になるらしい』

明日の午後……。

それまでに、沢田が故意に事故を起こしたという証拠を見つけることができるのか。

『俺は何が何でも沢田に容疑をかけたいわけじゃないんだ。匿名の電話も今までは重要視はしていなかった。ただ、高野巡査が聞いた沢田のうわ言の真実が知りたいんだ』

分かっているつもりだ。

高野はもちろん、自分も同じ思いでいる。

「それで、面白いことって何ですか」

新堂は切り替えるように咳払《せきばら》いをひとつした。

『水谷早苗に異父兄がいただろう』

「町村康太……早苗と秋元鈴香と写っていた男ですね」

『今、写真をそっちに送ったから見てくれないか』

村田は電話をスピーカーモードに切り替えてタブレットを取り出した。

少し間があり、添付ファイルがあるメールが届いた。

「え……この男って⁉」

添付されていたのは逮捕時に撮影される町村康太のマグショット二枚だ。

『君が入手した写真が前科者リストにヒットしたんだ』

前科三犯。いずれも違法大麻の密売で、三回目は執行猶予なしの懲役6年の実刑が下され、出所したのは二年ほど前だと言う。

「二年前といえば、あの写真の頃……あれは康太の出所祝いだったのかもしれませんね」

一緒に写っていた秋元鈴香も、そして康太の母である水谷貴子もそのことを言わなかったのは何故か……。

『町村が、あの事故の原因に何か関係してると思ったんじゃないのかな』

現在はストックホルムにある寿司《すし》店に勤務しているということだったが、出所後、すぐに渡欧したのかもしれない。

「奴の渡航歴を調べたんだが、確かに早苗の事故後にストックホルムに渡っているが、店主と大喧嘩《おおげんか》してクビになって、二ヶ月ほどでハワイに移って日本料理屋に勤めていることが分かった」

「ハワイですか……」

「ハワイは医療目的で大麻を購入することは合法だからな」

そういうことか……。

先日、母親の貴子は、確かに康太は現在もストックホルムの寿司店で働いていると言っていた。もしかしたら、貴子はハワイに移ったことを知らない可能性もある。

「おそらく、ハワイで乾燥大麻を仕入れて、非合法の国にネット販売していたんじゃないかな」

そのことと沢田の事故はどう繋がるのか……。

村田の疑問を察知したように、新堂が続ける。

『それでな、入間で工藤を狙って撃ったのは、その町村康太の可能性が出てきたんだ』

「え……どういうことですか。奴はハワイじゃないんですか」

『一週間前に帰国しているんだ。それに、入間基地の管制塔からの監視カメラの映像に奴に似た男が拳銃《けんじゅう》を撃って逃走する姿が映っているらしい』

「それが町村康太だと？」

『俯瞰《ふかん》映像ということだから不確かだが、会場を出てからの足取りを埼玉県警の鑑識が今調べている。明朝までには俺ンとこにも送られて来るから転送しておくよ』

入間基地周辺は防衛上の問題もあり、監視カメラや防犯カメラがいたるところに設置されている。

人物を特定すれば、それらの映像から足取りを追うことができ、住居までたどり着くことさえ可能だ。

「奴が狙撃犯《そげきはん》だとしたら、妹を捨てた工藤への恨み……？」

『もうひとつ考えられないか？』

「もうひとつ？」

『奴が妹の恨みを晴らすとしたら、相手は工藤だけじゃない』

あ……。

『仮に標的が沢田だとしたら、町村康太はあの事故の原因は沢田にあると確信する何かを摑《つか》んでいるんじゃないかな』

まだ単なる推測だが、と言う新堂だが、その声はどこか自信に満ち溢《あふ》れている。

「班長は、工藤に殺害予告があった時から標的は沢田だと考えていたんじゃ……？」

『いや、そこまでは。ただ、うちの署にかかって来ていた電話と、工藤に届いた脅迫メールの執拗《しつよう》さが似ているような……椎名の言葉で言うと違和感ってやつかな』

「偶然にしてはタイミングも合いすぎてますしね」

『町村が北海道に渡っていなければいいんだが』

町村が狙撃犯だったら、まだ拳銃を所持しているはずだ。

だが航空機で移動するなら、拳銃は持ち込めない。

とすると、凶器は……？

何であれ、沢田が襲われることがあれば椎名たちにも危害が及ばないとも限らない。

『君から椎名に話しておいてくれないか。あいつが先に気づいちゃうと何をするかわからないからな』

これから本庁で会議だからと言い、新堂はそそくさと電話を切った。

あ……。

椎名に連絡するには、自室に放りっぱなしのスマホを取りに行かなければ連絡のしようがない事に気づいた。

憂鬱《ゆううつ》な気分になる村田の脳裏に、一人の男の顔が浮かんだ。

巡査 Ⅶ

「このガキがぁ……」

パソコンに流れている動画を観て、有沢が低く唸《うな》った。

傍で沢田が唖然《あぜん》とするのを見て、真帆は吹き出しそうになった。

動画は入間基地の管制塔にある監視カメラに記録されていた俯瞰の映像で、たった今、埼玉県警の鑑識課から有沢に届いたものだ。

「この男ですね」

有沢が動画を静止させ、モスグリーンに染めた髪の男を指す。

俯瞰の映像で、観客たちは一様に空を見上げていて、その中央付近にいる男の左前方に工藤たち一行がいる。

ダブついたジーンズのポケットに両手を入れている男に緊張は見られず、観客と同じように上空を見上げている。

男と工藤たちとの距離は、約20メートル。

工藤たちはカメラに対してほぼ正面に縦列していて、その列の後方に有沢や真帆の姿も見えている。

再び有沢が映像を再生させる。

会場にいる観客のほとんどが上空を見ていて、誰も男を気にかけている様子はなく、SP三人も周囲に目を配っているが、男を特に注視している様子は見られない。

有沢、津村、藤島の三人も、周囲を警戒していることが分かるが、真帆は上空を見上げて驚きの表情を見せているのがはっきりと映し出されている。

ヤバ……。

いきなり嫌な汗が湧き出すが、誰も気づいてはいない様子に、真帆は少しだけ安心する。

映像内のアナウンスが、次の曲技飛行がバーティカル キューピッドだと告げると、有沢の指がマウスを移動させ、画像の男を中心に少し拡大する。

飛行機の轟音《ごうおん》が轟《とどろ》き大歓声が沸き起こるが、男はまだ動かない。

その直後、パン！　と乾いた音がして、工藤と沢田の傍にいたSPが前のめりに倒れた。

が、男の両手はポケットに入ったままだ。

「え！　撃ってない!?」

有沢が叫ぶ。

〈やっぱり……ヤツは撃ってない〉

工藤たちの周辺に動きが見られ、真帆も藤島にガードされる様子が映っているが、すぐに倒れたSPに気づいて駆け寄る。

その直後、男は素早くポケットから両手を出し、右手でピストルの形を作って上空に向け、奇声を発した。周囲が騒然とする中、津村と藤島を先頭に多数の警備員が四方から男に駆け寄り確保する。

「ね、撃ったのはコイツじゃないんだよ」

「じゃ、この男の手から検出された硝煙反応は……」

有沢に津村が答える。

「会場に入る前にどこかで試し撃ちしたのでは？　硝煙反応は洗剤で洗わない限り長時間は残りますからね」

「そうかも！　硝煙反応が出ればコイツが撃ったと誰もが思うし……真犯人が逃走するための時間稼ぎと捜査を混乱させるのが目的だったんじゃ……」

真帆が有沢からマウスを奪い、画像を元の大きさに縮小して動画を巻き戻す。

あっ……！

再生を二度繰り返し、真帆が気づいた。

「これ、この男!!」

真帆が確保された男から数メートル後方にいた人物を指した。

周囲の多くが上空に顔を向けているにもかかわらず、その男は工藤たちの方に顔を向けているので気づいたのだ。

グレーのマウンテンパーカーに黒いズボン姿。顔はフードを被《かぶ》っていて俯瞰の映像では顔立ちまでは分からない。

周囲に何十人もの観客が上空を見上げていて、その男の動作に注意を払う者はいない。大歓声が沸き上がった瞬間、男は素早くズボンのポケットから拳銃を取り出し、ためらうことなく撃ち、瞬時にまたポケットに収めてその場を離れて行く。

男が撃った瞬間は、パン！　と会場に音が響いたのと同時だ。

「撃ったのは、コイツか……」と有沢が唸る。

もう誰もその口調に驚きはしない。

「……慣れてますね。公使までは20メートルくらいですけど」

津村が男の早業に感心する。

「外れたけれどね」と真帆。

「わざと外した……単に脅しだったとか？」と有沢。

うーん、と沢田が唸る。

「それにしても、動機が分かりませんね……最初は公使の都知事選出馬の妨害という見方が強かったですが、それにしては乱暴なやり口ですね……」

有沢もため息交じりにようやく口を開いた。

「拳銃《けんじゅう》の特定はできたのですか？」

津村が有沢に訊《き》いた。

「埼玉県警の鑑識からこの映像と一緒に発表がありましたが、ＰＰＫらしいです」

「PPK……?」

沢田が津村に顔を向ける。

「ワルサーPPK……ドイツで開発された小型拳銃ですよ」

「コンパクトで軽量ですから女性でも簡単に使用できて、太平洋《たいへいよう》戦争前後から日本陸軍や警察の公安部で使用されていたこともあるらしいです」

津村のあとに、有沢が蘊蓄《うんちく》を披露する。

「さすが、有沢警部は拳銃にも詳しいですね」と津村が感心する。

「当然です。だいぶ昔のことですが、使用されていた警察のPPKが大量に消えたという事案がありました。もっとも、真実かどうかは藪《やぶ》の中ですが」

言いながら、有沢が映像を何度も再生して真犯人の男の動きをチェックする。

「それが、こういう怪しい輩《やから》に渡ったのかもしれませんね」

有沢の隣席に座っている沢田が映像を観ながら言う。

「工藤がこういう若者たちと私的な接点があるとは思えません。それに、あの殺害予告も、考えてみればあまりにも唐突だったような気がします」

「今は、被害者とは全く面識のない実行犯が珍しくないんですよ」

真帆も、有沢のパソコン画面を見ながら言う。

「この狙撃手《そげきしゅ》の足跡は基地内や周辺の監視カメラで追えるはずだし、うまくいけば、コイツのヤサ……あ、住居や素性も分かるかも」

これといって変わった風貌《ふうぼう》の男ではない。同じような風体の人物はどこにでも大勢いる。

車やバイク等の移動であれば特定しやすいが、電車やバスの移動であれば、駅構内や車内にいる多くの乗客の中から割り出すのは困難な作業となる。

埼玉県警と警視庁が合同で捜査したとしても、男の特定までには時間がかかるに違いない。

「せめて顔がもう少し見えたら、顔認証システムで追えるのに……」

呟《つぶや》いた瞬間、真帆のポケットのスマホが鳴った。

『あのな……おまえ、あの村田とかいう警部補と何かあるのか?』

部屋から出て電話に出ると、いきなり吾妻の不機嫌な声が聞こえてくる。

「え?　何かって……何のこと?」

『さっき、その村田から電話がきてさ、おまえに伝言してくれって言うから、直接電話すりゃいいじゃんって言ったんだけど、自分は班長と相談があるからよろしく、とか何とか言って切れちゃって……何なんだ、あいつ』

「伝言って何?」

『入間基地でSPを撃ったのは、捕まったヤツとは別の男で、町村っていう男かもしれないって』

え……!?

「マチムラ？　誰、それ！」

『知らねえよ。とにかく、その男が沢田二等書記官に危害を加える恐れがあるから注意しろとさ。あ、それから、その男の写真も送ってきたから、転送するけど』

沢田が狙われている……？

「工藤公使じゃなくて、沢田って言ったの？」

『ああ。とにかく、何があったか知らないけど俺をパシリ扱いすんのはやめてくれよな。あ、有沢警部に、時間があったら俺のスマホに……』

パシリ扱いしているのはどっちだと言いたいが、はいはい、と話の途中で通話を切ると、数秒後にはメールが届いた。

文句を言いながらも、吾妻の仕事はさすがに早い。

《町村康太　写真撮影時は三十五歳。違法薬物売買で前科三犯。沢田の婚約者の兄》とあり、逮捕された時に撮られたマグショットが添付されていた。

男性は骨太そうな四角い体軀《たいく》に黒い短髪。右横向きの写真の首元にサソリのような模様のタトゥーが見える。

〈これが、あの狙撃犯……？〉

村田が捜査しているのは、沢田が関係していた交通事故の案件だ。

沢田の婚約者の兄なら、銃撃事件が映った映像から沢田はその正体を知っていたのではないのか……？

　だとしたら、それを隠し、あくまでも標的は工藤だと自分たちに思わせていたのは何故か。

　そして、あの事故と入間基地の銃撃事件と、どう関係しているのか……。

　吾妻からの情報だけでは疑問が湧くばかりだ。

　スマホで時刻を確認すると、21時を過ぎている。

　着信履歴から新堂の番号をタッチしようとした指を止める。

　村田は、新堂から自分に情報提供をするようにと言われたに違いない。

　それなら、新堂に電話を入れることは村田の面子《メンツ》を潰《つぶ》すことにならないだろうか。

〈ったく、何で直接こっちに連絡くれないんだ？　どんだけ忙しいんだよ。それとも、そんなに嫌われることとしたっけ？〉

　どちらにしても、吾妻が言うように、村田は面倒臭い男だなと真帆は思う。

〈もっと楽しく生きればいいのに……〉

　今度会う時があったら、必ずそう言ってやろうと決め、二枚のマグショットを有沢のパソコンに送った。

《町村康太　撮影時は三十五歳。違法薬物売買で前科三犯。この男が狙撃の真犯人と顔認証システムでマッチしたと吾妻から連絡あり。沢田氏の婚約者の兄だそうです》

「私の義兄《あに》になるはずだった人です」

パソコンに映し出された町村康太のマグショットを見て、沢田が静かな声で言った。

「はず……？」

隣に座る有沢が沢田に顔を向けた。

二人の背後に立っている真帆と津村も、同じように沢田を凝視した。

「私は、この男性の妹に当たる女性と婚約をしていたんです……」

「婚約……」と有沢が呟いた。

「あの事故の三ヶ月後に挙式する予定でした」

「挙式……」と再び有沢が呟いた。

「あんなことがなければ……」

沢田は沈痛な面持ちで一年前に起きた事故の詳細を語り始めた。

その話は、あの供述調書にあったものと違いはなかった。

真帆はその声を聞きながら、手元のタブレットに転送しておいた狙撃シーンを繰り返し観ていた。

確かに、撃った男は町村康太という男に背恰好《かっこう》が似ていた。

本人の特徴である首元のタトゥーは衣服に隠れて確認できないが、撃たれたSPの隣にいた沢田を狙ったが外した、ということなのか。

「この映像では町村だと気づかなかった……」

真帆の呟きに沢田がすぐに答える。

「すみません、事故の後に一度会っただけなので……すみません」

「仕方ないです。一年も経っているんですから」と有沢にようやくいつもの口調が戻った。

「……私が彼女を怒らせたせいで、あの事故が起きてしまったんです」

「そんな風にご自分を責めなくてもいいと思います」

有沢の言葉に深く息を吐いて、沢田は虚《うつ》ろな目を少し上に向けた。

「私は早くから家庭を持ちたいと思っていました。小さい頃から温かい家庭に恵まれなかったからでしょうね……」

沢田は覚えたての台詞《せりふ》を口にするように、抑揚のない声で続ける。

「私の父親は神奈川では名の知れた総合病院の理事長だったのですが、私の母親は未婚で私を……つまり、私は非嫡出子というわけです……」

経済的には不自由なく育ったものの、地域社会では暮らしにくく、幼い頃から上京を夢見て勉学に励んだと言う。

「……大学入学と同時に母親と一緒に上京して、実父の援助で借家に住むことになりましたが、その翌年の夏に母親は病死してしまって、私には家族と呼べる者はいなくなったのです」

内容の悲惨さとは裏腹に、沢田の口調はますます他人事《ひとごと》のような乾いたものになっていく。

現実逃避のようなもの……。

真帆にも覚えはある。他人事のように喋《しゃべ》ることで、自分の物語ではないと錯覚できる。

「以前に伺った時も思いましたけれど、今の沢田さんをご覧になったら、お母様もどんなにか喜ばれたでしょうね……」

有沢が知っていたのは、沢田の生い立ちのことだったのか。

耳に入る有沢の声に、不謹慎ながらも真帆の口元が緩む。

こんな言葉を口にするキャラだっけ……と。

「じゃ、この町村という男は沢田さんが妹を死に追いやったと恨んでいるわけですね？」

その場の雰囲気を蹴散《けち》らし、話を核心に戻そうとする津村の冷静な声を聞いて真帆は安堵《あんど》する。

こういう一見空気を読まない津村の性格を、真帆は気に入り始めている。

藤島の明るさも好印象ではあるが、津村の生真面目で実直すぎる性格は、こういうシーンには必要だ。

本来、その役割は有沢の得意とするところだが……。

「ワシントンの大使館に脅迫メールを送ったりしたのも彼でしょうね。工藤公使の来日には、沢田さんが同行すると予測できますし。これで、この男さえ逮捕できたら事件は解決ということになりますね！」

「そんなに簡単なことではありません！」

楽観視する津村に苛立《いらだ》ったのか有沢が強い口調で言い放ち、先刻とは少し違う顔つきで沢田に訊《き》いた。

「この男との付き合いは、どんなものでしたか？　最近何か連絡があったりしませんでしたか？」

「康太さんは、事故の後すぐにストックホルムから帰国して入院中だった私を見舞ってくれました。その時は私を責めることもなくて……彼に会ったのはその時だけですし、それから電話やメールも交わしていません。まさか、彼が私を殺したいほど憎んでいたとは……」

「兄妹《きょうだい》ですもの。全く恨みがないなんて……有り得ませんよ」

俯《うつむ》いた沢田を、冷めた表情で有沢は見つめた。

ようやく本来の有沢に戻ったかのような顔と口調に、真帆は少しホッとする。

「私に何かあったら、うちの兄なら完璧《かんぺき》に相手を仕留めると思います。兄妹って、そういうものだと思います」

仕留めるって……。津村の小さい声が聞こえた。

ここはスルーして、真帆は話を変える。

「そう言えば……有沢さんのお兄さんが調べていた、殺害予告メールの発信元はまだ分からないの？」

「北ヨーロッパを何箇所か経由して、最近はハワイからの発信ということが分かっただけで、まだ特定はできていないらしいです」

するると、沢田が弾《はじ》かれたように顔を上げた。

「やはり康太さんかもしれません。彼は、私を見舞ってくれた時に、いずれはハワイに店を開くのが夢だと言っていました」

「その男が北海道に来ていないか、すぐに調べます」

有沢は立ち上がり、上着から公用スマホを取り出しながら室外に出て行った。

北海道に渡る方法としては航空機の利用が真っ先に考えられるが、空港内には特に多くの監視カメラがあり、仮に拳銃《けんじゅう》を所持しているなら手荷物検査を通過することは不可能だ。

次に陸路。東京から函館まで新幹線が開通していることで、新函館北斗《ほくと》駅から特急に乗り換え、札幌経由でJR千歳線に乗り継ぐことができる。だが、当然、多くの監視カメラに映ってしまう。

そして、フェリーでの移動。

茨城県大洗《おおあらい》から苫小牧《とまこまい》までは18時間前後で着くことができる。

昨日の事件後に大洗に向かい、夜便のフェリーに乗り込み海を渡り、苫小牧でレンタカーを借りて移動すれば、今頃はとうに千歳に着いていることになる。

検索していた真帆の手元にあるスマホを覗《のぞ》き込んで津村が言う。

「深夜に出航して翌日夕方に到着か……その間、船室に籠《こも》っていれば、たとえエコノミークラスでも人目につくことは少ないし、やはりフェリー移動が有力ですね」

「そうですね……乗船名簿も偽名を使えば足がつくこともないし、手荷物検査なども無いし……」

「それに、犯罪者の心理としては、街中を移動するより、できるだけ孤独な環境の方が安全だと考えるんじゃないでしょうか」

津村の言葉に、照明を落とした薄暗い船底に横たわる男のイメージが浮かぶ。

「狙撃《そげき》に失敗した時のことも考え、以前からハイクラスの個室を予約していたりして」

真帆の想像をあっさりと覆す津村に、僅《わず》かにイラッとする。

「誰かにつけられている感じもなかったですし……まだ信じられません」

沢田は、またパソコンの映像を繰り返し観ながら呟《つぶや》いた。

標的は工藤だと考えていたから、沢田の周囲を特に警戒することはなかった。だが、沢田はほとんど工藤と時間を共にし、自由時間がなかったのが幸いしたかもしれなかった。

「この男は、町村康太に間違いないんですよね？」

真帆が念を押す。

「ええ。だんだん思い出してきました。事故直後に病室で一度会っただけですけれど、体つきとか歩き方が似ていると思います」

「早苗さんと町村はすごく仲が良かったと思いますか？」

「さあ、早苗とは父親が違うからなのか、彼の話はあまりしたがりませんでしたね。仲が悪いというわけでもなく、何というか、赤の他人より面倒臭い関係だったのかもしれません……早苗は結婚式にも招待するかどうか悩んでいたくらいです」

「それは、町村に犯歴があるからでしょうか？」

「正直、三犯もあるとは思いませんでした。一度だけ大麻を密売して実刑になったとは聞いていたのですが……」

それほど親しくはなかった妹でも、そのために沢田を殺害して復讐《ふくしゅう》しようと……？

真帆の疑問を津村が口にした。

「何かトラブルのようなものは……」

「ですから、一度しか会ってないですから、トラブルも何も……」

沢田が気分を害したように声を荒らげた。

ですよね……と真帆が間に入るが、津村は臆《おく》することなく言葉を続ける。

「しかし、沢田さんには問題がなくても、向こうが勝手に何かを誤解していたかもしれません。例えば……」

「早苗さんが沢田さんと結婚することで、兄の町村に何らかの利益が約束されていた……とか？」と真帆がうっかり口を添えた。

みるみる沢田が顔色を変えた。

「貴方《あなた》たちは、私の今の状況を面白がっているんですか⁉」

話になりません、と沢田が憤然と立ち上がった時、室内にようやく有沢が姿を現した。

その後ろから藤島の疲れた顔が続いた。

「航空機の搭乗者名簿に町村の名前はありませんでした。偽名を使っている場合もありますし、入間基地からの監視カメラの解析が早く進めばいいのですが……」

お世話をおかけします、と沢田は有沢に頭を下げ、藤島の方にも顔を向けた。

「会合は終了したのか？　悪かったな、任せてしまって」

「いや……君の方こそ……大変なことになったな」

有沢から話を聞いたのか、藤島は人が変わったように神妙な顔つきで言い、「公使が帰国準備の話があると……」と、人差し指を天井に向けた。

「沢田さん、私たちが必ず守りますから安心してください」

有沢はきっぱりした口調で言い、同意を求めるように真帆と津村、そして藤島それぞれに目を合わせた。

「ええ。明日はなるべく早い便で渡米するよう工藤を説得します。自分が標的じゃないことが分かったら機嫌も直るでしょうし、私が狙われているなら工藤も早く渡米したいはずです……工藤は私無しでは大使館で孤立してしまうことは分かっているはずですから」

話をしている間に落ち着いたのか、沢田はどこか安堵したような表情になった。

「公使も人使いが荒いな……あんまり頑張るんじゃないぞ」

ドアに向かう沢田の肩に軽く触れ、藤島が笑顔を向けた。

「ああ、大丈夫だ。あの人の扱い方は誰よりも心得てるよ」

沢田も笑顔を返し、軽快な足取りで部屋を出て行く。

その毅然《きぜん》とした後ろ姿は、何かを決意しているかのように見えた。

〈沢田と工藤公使……二人の関係はただの上司と部下ではないかも〉

真帆は、直感的にそう思った。


有沢と部屋に戻って時計を見ると、すでに日付が変わろうとしていた。

「新堂警部補が……？」

「うん。沢田さんの事故にずっと疑問を持っていたらしいよ」

「疑問……まさか事件性があると？」

待機室から部屋に戻ると、真帆はすぐにタブレットを取り出し、沢田の供述調書を開いて有沢に差し出した。

「吾妻から送られてきていたんだけどね」

すぐに有沢には転送しなかった理由も告げた。

「あなただったら、知らないふりはできないでしょう？」

生真面目な有沢が、気になっている相手と駆け引きなどできはしない。

「沢田さんはあの俯瞰《ふかん》映像を観た時から町村を疑っていたんじゃないのかな」

「そうだとしても、私たちに話さなかったのは、変に興味を持たれるのが嫌だったから
じゃないでしょうか」

話しながら、有沢は真帆のタブレットを繰り返し読んでいる。

「……すぐに私にも送ってくれたら……」

「傷は浅かった？」

しれっと真帆が言うと、途端に有沢の顔つきが変わった。

「いや、沢田さんにあんな過去があったなんてびっくりしたかなって……」

「誰にでもいろんな過去がありますす」

そりゃそうだが……。

「ショックだよね」

有沢が手を止め、少し間があった。

「椎名さん、何か誤解してません？」

「いや、別に……」

女子トークを有沢に求めても無駄なことを思い出した。

「とにかく、明日無事に二人がアメリカに発《た》ったら、私たちの任務も終了ですから」

有沢は有休を取って、しばらく日本に滞在すると言う。

「少しは食べないと、明日持たないよ」

真帆がルームサービスで注文したウニクリームパスタを啜《すす》りながら二度言ったが、

「深夜に炭水化物はいただきません。サラダは残しておいてください……」と機械的に言うだけだった。

可愛くない……。

「ええ、私は可愛くなくていいんです」

言いながら、有沢はまだタブレット内の供述調書を読み返しているようだった。


翌朝、真帆が目覚めた時に、昨日と同じく有沢の姿は無かった。

昨夜、真帆が浴室から戻ると、すでに有沢は軽い寝息を立てていたが、おそらく4、5時間しか寝ていないだろうと思った。日課のジョギングをしているのだろう。有沢は七係にいる時も昼休みのジョギングは欠かさなかった。千歳入りしてからは昼休みなどないも同然だから、早朝に走ることにしたのだろう。

走ると細胞が活性化され、混乱した思考に整理がつくのだと言うが、ショートスリーパーを自負する有沢は、自分とはまるで違う生き物だと真帆は思う。

できれば、午前中いっぱいくらいは布団の中でゴロゴロしたい……。

時刻はまだ7時前。後1時間以上は寝られるはずだと布団を被《かぶ》ると、枕元のスマホが鈍い音を立てた。

『悪いな、早くから。村田から聞いてると思うが、例の町村康太の足取りが分かったぞ』

「はい、聞いています」

吾妻からですけど……とは言わないでおいた。

「やっぱりこっちに来ていますか？」

『ああ、椎名たちも当然考えたと思うが、入間基地からまっすぐ大洗埠頭《ふとう》に行ってフェリーで昨夜のうちに千歳入りしている。あの拳銃《けんじゅう》を隠し持っているはずだ』

その足取りのスタートは、入間基地周辺のパーキングの防犯カメラだった。

基地近隣にあるパーキングに設置してあるカメラがその姿を捉《とら》えていて、銃撃事件の数十分前に、モスグリーンの髪色の若い男が運転する車から降りる町村が確認でき、その後一人で戻って来た町村が自ら運転して逃走。大洗埠頭までの道のりを数十台のカメラやNシステムで追ったと言う。

『今朝、車の名義から身元が判明したんだ。橋爪大樹《はしづめだいき》、二十六歳。職業不詳とあるが、実際に発砲した訳じゃないし、拳銃は町村の物だろうから、橋爪は銃刀法違反でも執行猶予が付くだろうな……』

橋爪は身元が判明した途端に口を開き、町村とはSNSを通じてアルバイトの依頼に応じたと言う。会場での行為は冗談だったと供述しているらしく、銃刀法違反と公務執行妨害。車の貸与は盗難被害と訴えているとのことだ。

「町村はその車ごとフェリーで移動したんでしょうか」

『いや、大洗で乗り捨てているんだ。すぐに足が付くことを計算したんだろうな。それに、その車内に橋爪が試し撃ちした形跡があったらしい』

「フェリーの防犯カメラやスマホのGPSとかは……」

『ヤツの名義の携帯電話は無いし、フェリー内の映像は今のところ見つかっていない。苫小牧港でも姿が確認できていなくて、どこかでレンタカーを借りているはずなんだが……』

レンタカーを借りるには免許証を提示しなければならない。

『一応、昨夜のうちに名前や顔写真を道警に送ってあるから、レンタカーを借りていたらすぐに連絡があるんだが、今のところないらしい』

「もしかしたら、苫小牧からは電車かタクシーを使ったかもしれませんね」

フェリー内で着替えをし、キャップやマスクで顔をできるだけ隠せば、単なる旅行者に見えるだろう。

『どっちにしても、もう椎名たちの近くに潜んでいる可能性は高い。搭乗するまで沢田をなるべく室外に出さないようにしてくれ』

「はい……町村はどこで拳銃を手に入れたんでしょうね」

『ハッパを売りさばいたんだから、危ない連中とは繋《つな》がりやすかったはずだ。おそらくハワイで手に入れたんだろう』

ハワイ州はアメリカで最も銃規制が厳しいが、護身用として銃を所持している民間人は多く、町村も知り合いなどから手に入れることは容易だ。

『それで、沢田と工藤公使は今日中に出国するんだな？』

「はい、何事もなかったらいいんですけど……」

ところで……と真帆が声を改めた。

「村田……村田警部補と班長は、どうしてあの沢田氏の事故の再捜査を？」

『事故直後に匿名の通報があったんだ。あれは事故ではなく、死亡した女性は殺されたんだと……それを上は無視して捜査終了になったんだが、沢田たちが帰国するタイミングでまたかかってきたんだ』

新堂は、大森湾岸署での村田の孤立を聞きつけ、事故の再捜査にあたってもらったのだと言う。

「そうだったんですか」

『吾妻の代わりに、椎名の警護チームに参加させた方が良かったかな』

「いえ、あんな無愛想な刑事より、ずっと頼もしい男性が二人も一緒だから安心してください」

『そうか。じゃ、沢田たちの出国時間が分かったら連絡くれるか』

新堂の考えは、真帆にも分かった。

「何かはっきりとした証拠があるんですか？」

『まだない。村田が昼までに絶対に見つけ出すと意気込んでたが、別件で事情聴取に応じてもらうしかないかもな……また上に睨《にら》まれるが』

証拠を掴《つか》むまでの常套手段《じょうとうしゅだん》だが、たとえ本人が認めたところで、物的証拠なしでは何も立証できず、起訴に持ち込むことは難しい。

『ただ、標的が沢田だとしたら町村康太はあの事故の原因は沢田にあると確信する何かを掴んでいると思うんだ』

確信する何か……。

「沢田と婚約者の間に何か問題があったという証拠のようなもの……とか？」

『とにかく沢田が殺《や》られないよう頼むぞ！　あいつが撃たれたら全てが藪《やぶ》の中だ』

了解です！　と言い電話が切れた途端、室内にジョギングウエア姿の有沢が戻ってきた。

「やっぱり町村が……」と言いかけると、有沢がスマホを掲げて頷《うなず》いた。

「分かってます。本庁と道警から連絡がありました」

町村が借りたレンタカーが、新千歳空港近くのショッピングモールの駐車場で発見され、車内の灰皿に、大麻入り煙草を吸った形跡が見つかり、防犯カメラの映像データを鑑識が押収したということだ。

「ヤツは必ず現れるはずだね。ここまで追いかけて来たんだから……沢田さんは？」

「連絡しました。まだ自室にいると思います」

沢田と工藤は13時過ぎの便に乗ることになっていた。念のため、チェックイン締め切り時刻まで二人の名前は搭乗者名簿には載せないよう道警から航空会社に要請しており、一般客が全員搭乗した後に二人が乗ることになっている。

「でも、渡米するのは工藤氏だけになったんです」

「は……何で？　町村が狙っているのは沢田さんなんだよ」

「ええ。だからですって。沢田さんには休暇を取らせて、別便で渡米するように、ですって。ターゲットが沢田さんだと分かったから、巻き込まれたくないんです。自分は昨夜のうちに支援者に頼み込んで民間ＳＰを二人雇ったそうですよ。自分さえ無事に戻ればいい、ということなんですよ」と有沢は吐き捨てるように言い、腹立ち紛れにジャージのファスナーを乱暴に開け、冷蔵庫からペットボトルを取り出した。

「サイテーだね、あのオヤジ……あんなのが都知事になったら絶対に都民税なんて払ってやんない！」

「公務員がそういうことは冗談でも言わない方がいいですよ」と有沢が生真面目な顔で言う。

ここは笑うところだと言いたいが我慢する。

有沢は真剣に沢田を心配しているのだろうから。

「沢田さんは、自分が囮《おとり》になれば町村を確保できるかもって」

「え？　そんなの警察が許可できないじゃん。あなただって」

「ですから、あくまでも表向きは沢田さんの個人的な理由……以前、藤島さんが言っていた、終末期の知人を見舞うためっていうやつです」

工藤の千歳入りが公になった場合のマスコミ対応として、藤島が提案した口実だ。

「さすがに沢田さんも工藤公使には愛想が尽きたみたいでした。工藤公使が退官する前に異動願を外務省に提出すると言っていました」

有沢はペットボトルの水を一気に飲み干し、沢田の決意に納得がいったのか、どこか晴れ晴れとした顔で浴室に向かった。

有沢は、町村が沢田を狙っているのは妹の復讐《ふくしゅう》のためだと疑わない。

新堂や村田、そして真帆は、あの事故にはもっと深い秘密があると考えている。それは、決して沢田の明るい未来を約束するものではなく、むしろ、その逆になる可能性もあるのだ。

一年前の事故の原因は、沢田本人も認めているとおり、沢田にもある。

だが、それは沢田が供述しているような、『フィアンセを激昂《げっこう》させてしまった』ことだけではない何か、を感じてしまう……。

新堂が言ったように、『偶然にしては出来すぎている』という作為的な何かだ。

少し前にセットした電気ポットは、すでに沸騰を終えて静まり返っていた。

浴室から聞こえる水音に混じり、有沢の歌声が聞こえてくる——。

警部補 VII

微温《なまぬる》いシャワーは昨夜の気分を洗い流すどころか、不快な余韻をじんわりと細胞の中に染み込ませてくる。

最高温度に設定しても、ハンドルがキシキシと嫌な音を立てるばかりで、水温に変化は無く、いっそ冷水シャワーでスッキリしようとしたが、すぐに諦《あきら》めた。

風邪をぶり返している場合ではなかった。

それでも髪を洗い、昨夜購入していた真新しい下着とシャツに着替えると気分も変わり、備え付けの電気ポットで湯を沸かし、ドリップコーヒーを淹《い》れた。

枕元の時計はもうすぐ8時になろうとしている。

遮光カーテンを開けると、久しぶりに麗《うら》らかな青空が広がっていて、不意に旭川の空を思い出した。

緑地に面した地上八階の部屋からの眺めは、都会にしては空が広く見えるせいか。

薄味の珈琲《コーヒー》を啜《すす》っていると、ベッドの上に放ってあったスマホが音を立てた。

『例の町村の画像を送ったから見てくれ』

新堂は眠っていないのだろうかと思いながら、通話をスピーカーに切り替えてタブレットを取り出す。

『鑑識から送られた映像の他に、大洗に向かう途中のコンビニに立ち寄るところも確認されたんだが、防犯カメラにバッチリ顔が映っていたよ。間違いない、ヤツだ』

入間基地での発砲の瞬間の映像と、人気のない深夜の郊外にある小さなコンビニ内のカメラの映像だ。車内で着替えたのか、フード付きウインドブレーカーは黒から青色に変わっているが、骨格は類似している。

『コンビニの映像の最後の方を見てくれ』

新堂に言われたように早回しをすると、レジ前で、一瞬カメラを見上げるところが映っていた。

停止して拡大する。

「間違いなく町村ですね」

『奴はフェリーで北海道に渡っていて、昨夜までに千歳入りが確認されている』

「沢田は何時に渡米予定なんですか」

『さっき椎名がメールで知らせて来たが、沢田は一度外務省に顔を出してから一、二日後に別便で戻るらしい』

すぐに渡米しない……？

「どうして……じゃ、町田の思う壺《つぼ》じゃないですか」

『ああ。我々にも好都合なんだが、椎名たちが心配だな。まあ、有沢警部が道警に応援を要請しているらしいが、向こうとしても迷惑な話だろうな』

道警には同期の刑事がいたはずだが、名前も覚えていない……。

『道警からの情報だと、工藤は午後イチで渡米するらしい。町村も何らかの方法でその情報を入手しているとしたら、沢田も一緒だと思うに違いない。午前中に動きがあるだろうな』

「椎名巡査と有沢警部の他に警護は何名いるんですか？」

『今のところ男二人。空自と外務省から一人ずつだ。まあ、道警からも何人かは借りられるだろうから心配ないだろう。沢田は一両日中に出国するだろうし』

今回、沢田の決定的な証拠をつかむことが不可能になれば、新堂は上に掛け合い、外務省に圧力をかけさせると言う。

『それで空振りだったら、俺も今度こそはアウトだろうがな……』

笑い声を聞きながら、村田は新堂が言った言葉を思い出す。

《仮に標的が沢田だとしたら、町村康太はあの事故の原因は沢田にあると確信する何かを摑《つか》んでいるんじゃないかな》

「班長、自分はこれからまた早苗の母親をあたります。町村に関して必ず何か知っているはずです！」

挨拶《あいさつ》もそこそこに電話を切り、村田は急いで部屋を飛び出した。

ホテルの外からタクシーに乗り込むと、すぐに水谷貴子に電話を入れる。

《早苗もそうだけど、あそこンちのママは康ちゃんを溺愛《できあい》してるから……》

コール音を聞いている間、秋元鈴香の言葉が頭を駆け巡る。

あの時は聞き流していた言葉が、今、自分を突き動かすことになるとは……。


「息子のことは、さっき警察から連絡があったわ……」

貴子は憔悴した顔で村田を迎え入れた。

「きっとまたあなたが来ると思ってた……でも、私は何も知らなかったのよ。まさか康太があんな……」

「息子さんがなぜあんなことをしたか、お母さんに分からないはずはないと思います」

村田の強い口調に、貴子は一瞬黙り、諦めたように深く息を吐いた。

今朝も食卓には昨日と同じ場所にトースターが置かれていたが、使われた様子はなかった。

「あの子は誰かにそそのかされたんだわ……きっとそうよ！」

突然、貴子が思いついたように身を震わせた。

「あの子は一人であんな大それたことができるような人間じゃないのよ。大麻のことだって、勤めていた店の先輩に無理やり……」

「水谷さん、落ち着いてください。息子さんにこれ以上罪を犯させないように、知っていることがあれば全部話してください」

自分にできることは何でもしますから……。

村田の最後の言葉に、貴子はキョトンとした目で顔を上げ、いきなり狂ったように笑い出した。「あんたに何ができるって言うのよ。さっき電話してきた刑事も同じように言ったけど、あんたたちが何をしてくれるって言うのよ！」

「水谷さん……」

「あの子が沢田さんをそれほどまでに憎んでいたなんて、そんなこと絶対ないんですよ」

「憎んで当然じゃないですか。妹さんを死に追いやった男ですよ、沢田は」

立ち上がったまま村田を見下ろしていた貴子が、また鼻先で笑った。「あんたに何が分かるのよ」

「分かるつもりです。自分も妹を亡くしていますから」

引き上げていた口角を戻して、貴子はまた椅子に腰を下ろした。

「……そういうんじゃないのよ、康太は」

意味が分からず、次の言葉を待った。

「康太はそんな妹想いの子じゃない。私の前では親しそうな素振りをしていたけれど、二人とも普通の兄妹《きょうだい》のような情は無かったと思うし、事故の後も早苗の死を悼むどころか……」

「どういうことですか」

「康太は多分、沢田さんにお金を……」

金……？

「どういう金ですか？　事故の慰謝料とか……？」

貴子はブルブルと何度も首を左右に振った。

「分からないわ。でも、沢田さんがいる限り、自分はお金には困らないって言ってたことがあって……いつもの冗談だと思ってた。でも、半年前くらいに私にも康太から送金があって」

数週間前に久しぶりに電話をかけて来た康太に礼を言ったが、曖昧《あいまい》な笑いを返されただけだったと言う。

「ずっと迷惑かけて来た罪滅ぼしなのかと……でも、それも沢田さんからだったのかしら」

「それを沢田さんには確かめなかったんですか？」

「怖かったんです……事故の後、康太は早苗の部屋で宝物を見つけたと言っていたから、きっとそれが沢田さんにとって、不都合な何かだったのかと」

「ちょっと待ってください。その部屋は、沢田さんと暮らす前にお母さんと住んでいた部屋ですか？」

「ええ。事故のすぐ後に、早苗の私物を私のマンションに引き取ったんです。沢田さんが退院してからでもいいと言ったんですけど、康太が、沢田さんが帰ってきた時に辛《つら》いだろうからと……」

「康太さんは、その荷物の中から宝物を見つけたと言っていたんですね？」

「私は本の間から現金でも見つけたのかと思っていたし、そんなことはどうでも良かったんです。早苗はもう帰ってこないんだから……」

自らの言葉で興奮したように、早苗は嗚咽《おえつ》を漏らし始めた。

早苗の事故後、康太は早苗の部屋で《宝物》を見つけた……。

おそらく、その宝物のために、沢田は康太に金を渡し、貴子にも送金していた……。

その宝物は……。

沢田にとって、不都合なものだった？

「康太さんがハワイに移られていたことも知らなかったのですか？」

貴子を落ち着かせようと、村田は話を変えた。

貴子は首を左右に振り、「前にいた店を辞めたことも、さっきの警察の電話で知ったわ」と言い、気を取り直したように湯を沸かし始めた。

お構いなく、と村田が言うと、「あなたのためじゃないわ」と貴子は笑いもせずに言った。

少しの間、水音と食器の音だけが室内に響いた。

村田はそっと時間を確かめた。11時20分。

工藤公使が襲われる可能性はほぼ無くなったが、沢田を仕留めるために工藤を人質にして危害を加える可能性もある。

だが……。

村田は自分の思考が迷路に入り込んでいることに気づいた。

〈沢田が康太の金づるだとしたら、何故、沢田を殺そうとしているのか？〉

「康太と早苗は、普通の兄妹のように頻繁に会っていたわけじゃないのよ……」

目の前に紅茶のカップを置き、貴子はまた向かいの椅子に腰を下ろした。

「康太の父親とは康太が生まれてすぐに離婚して、ずっと札幌に住む私の両親が育ててくれて、私は道内のあちこちで保険の仕事をしながら仕送りを……」

身の上話をする貴子の声を聞きながら、頭の半分で康太の殺意を推測していた。

何故、康太が沢田を殺そうとしているのか——。

「再婚して早苗が生まれた時、康太を引き取ろうと夫が言ってくれたけど、両親が離してくれなかった……その頃から実家とは縁が切れてしまって、康太に会えたのは早苗と東京で暮らすようになってからで……」

自分もしばらく妹を忘れていた時期がある。

誰しも、若い時は自分のことで精一杯なのだから。

でも、床に就いて眠りに落ちる数分の間、必ず幼かった妹の声が頭に蘇《よみがえ》っていた。

兄ちゃん……。

一気に蘇るその声を振り切り、村田は貴子の声に集中する。

「あなたに送った写真は、早苗と康太が二十年ぶりくらいに会った時で、康太が付き合っている女はろくなもんじゃないって、帰ってきてから意見していたのを覚えてるわ…

…一緒に写っていた女よ。あの時は康太も本気で怒って……しばらく連絡が無かった」

秋元鈴香のことだ。

写真では仲の良い親友同士に見えたが、お互いの表裏を知り得ているからこその早苗の助言だったのだろうか。

「ね、そんな妹のために、沢田さんを殺したいほど憎んでいたなんて考えられないでしょう？」

村田は頷《うなず》く。

「康太さんが見つけた宝物に心当たりはないですか？　康太さんはその時、何を片付けていたのか覚えていませんか？」

少し考えて、貴子は村田と目を合わせた。

「あ……パソコン」

え？

「早苗が使っていたノートパソコンを開けようとしたんだけれど、私にパスワードを知らないかって」

「そのパソコンはまだありますか？」

貴子はのろのろと立ち上がり、奥の部屋からノートパソコンを持ってきてテーブルの上に置いた。

「それで、パスワードは分かったんですね？」

返事はなく、貴子は黙ってキーを叩《たた》いた。

すぐに起動したパソコンを村田の方に向けて「私の誕生日だったんです」と少し笑った。

「康太からは、誰にも教えないようにと言われてました。もちろん沢田さんにも」

デスクトップには複数のフォルダが整然と並んでいる。

「どれも仕事の書類やスケジュールのようです。康太は何か長い間見ていましたけど。日記みたいなものでもあれば、私もいつかは読んで見たかったけれど……」

村田の意図を察してか、貴子が言う。

「早苗のスマホは事故で潰《つぶ》れてしまったし、事件ではないからと警察ではデータの回復はしてもらえなかったんです。私も別に望んでいなかったけど……」

貴子の言葉どおり、フォルダ名は各部署の予算表やスケジュールなど仕事に関するものばかりだが、名前のないフォルダがひとつあった。

断りを入れてフォルダを開けると、写真のファイルが複数現れた。

「康太が送ってくれた写真って、この中から抜き出したものだったのかしら」

ファイルには、それぞれ撮影時の日付と季節が記されてある。

事故から二年ほど前の写真から見ていく。

どれも女子会の様子や、貴子との食事風景が多かった。

「このころは楽しかった……確かにこのまま早苗が独り身だったらと心配したこともあ

ったけれど、ずっと二人で暮らしていくんだと信じて疑わなかったわ」

——と、村田の指が止まった。

「この写真は……」と村田は貴子を見た。

貴子は驚いたように画面を見つめ、首を左右に振った。

少し若い早苗が笑っていた。デジカメで撮影したものなのか、日付が入っている。

「事故の半年くらい前……ですかね」

「沢田さんと暮らし始めた頃……？」と貴子が呆然《ぼうぜん》と呟《つぶや》く。

温泉街の中か。古い旅館のような建物に通じる赤い橋のたもとで笑う早苗。

脇に見える親柱に橋の名前がある。

「慶雲橋《けいうんばし》……？」

スマホで検索しようとすると、貴子がポツンと言った。「四万《しま》温泉よ」

「知ってるんですか」

「ずっと前、早苗と一度行ったことが……」

村田は肝心なことを尋ねた。「隣の男性は、知っている人ですか？」

笑う早苗の脇に、寄り添う一人の男がいた。

男は早苗の肩に右手を回し、左手でピースサインをしている。

黒縁のメガネをかけた体格の良い男だ。

貴子は呆然とした顔で首を左右に振る。「さあ……」

「だいぶ親しそうですね。お付き合いされていたんでしょうか」

「知りませんでした……私に内緒で、こんな人と……」

「通りすがりの観光客にでも撮ってもらったんでしょうか」

村田はその前後の写真も確認する。

四万温泉の古い旅館の一室での浴衣姿《ゆかたすがた》の早苗、列車の座席でビールを片手に笑う早苗、同行していた男が車窓を眺める姿……。

そして、顔を寄せ合い自撮りする早苗と男のスマホ写真。

どの写真からも、二人の親密度が高いことが分かる。

村田は、早苗と工藤が一緒の写真を想像していたが、相手は工藤よりずっと若い男だ。

この写真が康太の見つけた宝物……？

「あら……この人！」

貴子の小さな声が聞こえた。

「メガネをかけているから分からなかった……」

ほら、あの写真の……、と貴子が目を合わせて来る。

その瞬間、一人の男の顔が記憶の底から浮上した。

巡査　Ⅷ

「君たちにも色々と世話になった。礼を言う」

工藤は整列した真帆たち四人に軽く頭を下げた。

その言葉が本心かどうかは分からなかったが、地元で発足したという後援会の数人の姿もあり、おそらくその手前もあるのだろう、と真帆は思った。

人はそう簡単には変われない。

もちろん、この工藤という男は、苦学の末に外交官になり駐米公使まで上り詰め、この先も都知事選に向けてチャレンジしようとする人間だ。損得だけで築いてきた人間関係ばかりではないはずだから、きっと真帆には知り得ない善良な部分があるのだろう……。

嫌いだけどね、と頭の中で呟く。

工藤が搭乗するまで、まだ1時間近くある。

時刻は12時半を回っていた。

午前中、津村と藤島は工藤の最後の会合を見守り、その間、真帆と有沢は空港内の警備室で、複数ある監視カメラのモニター内に町村の姿を探していた。

空港近くのショッピングモールの駐車場から、町村の足取りがふっつりと消えてしまっていたからだ。駐車場の防犯カメラには、パーカーのフードを被《かぶ》った町村が降りる姿が確認されたが、モール内のカメラには見つかっていなかった。

カメラの死角などは何度も空港内に足を運ばないと分からないだろうが、空港ビルという、多様な人間が出入りする場所の監視カメラに死角などあるはずもない。

おめおめとカメラの前になど姿を見せる奴ではないと思いながらも、変装している場合も考え、似たような体格の男の姿を一人ずつチェックした。

その間、上着の中でスマホの着信音が数度あったが、後で確認しようと思い、無視した。

今はカメラの映像に集中したかった。

だが、正午近くになっても町村の姿を見つけることができなかった。


13時。

工藤が後援会の連中一人一人と握手を交わすと、沢田や津村、民間SPと共に、直結する空港ターミナルの出発ロビーに向かった。

工藤たちが乗った隣のエレベーターに有沢と乗り込むが、再びスマホは鈍い音を立て、真帆はそっと機内モードに切り替えた。

エレベーター内には外国人数人が乗り込んでいたためもあった。

着信履歴を確認すると、新堂の名前があった。

「電話出なくて大丈夫ですか？」と有沢が小声で聞いてくる。

「班長からだけど、公使の飛行機が離陸したらかけ直すよ」

新堂にショートメールを打ち始めると、有沢の胸のポケットでスマホが音を立てる。

やれやれという感じでお互いに笑みを交わした瞬間、扉が開き、国際線出発ロビーに通じる階に到着した。

工藤はすでにVIP専用ラウンジに向かったらしく、津村と藤島、そして沢田がホテル上階に新設されたという国際線用の特別展望デッキに向かうと言い、真帆も一緒にエレベーターに向かった。

「あ、皆さん！」とエレベーター前で、電話中だった有沢が三人を呼び止めた。

「ご苦労さまでした。謝礼の件は警察庁から連絡があると思いますのでよろしくお願いします」

有沢が、心底ホッとしたように柔らかな声を出したが、沢田の方に向き直り、毅然《きぜん》とした姿勢を取り戻した。

「何事もなく良かったですが、沢田さんは早くホテルの部屋に戻られてください。町村がまだ見つかっていないのですから」

「はい。公使の便が離陸するのを見届けたら……申し訳ありません。ご迷惑をおかけします」

「大丈夫です。道警から応援も到着して周囲の監視にあたっているはずです」

深々と頭を下げる沢田の背後で、エレベーターが開いた。

「自分は千歳基地の幹部に挨拶《あいさつ》をしなければならないので、ちょっと失礼します。後ほどまた」と津村が頭を下げた。沢田と藤島の後に続いて真帆も有沢とエレベーターに乗り込もうとすると、ドアが閉まる前に有沢のスマホが再び音を立てた。

「道警からです」と有沢が足を止めた。「展望デッキですよね、後で行きます」

ドアが閉まる直前、通路でスマホを耳に当てる有沢が見えた。

「有沢警部も大変だな……女性であんなに働く人はあんまり見たことないな」

藤島が独り言のように言う。

「あ……もちろん、椎名巡査も」と真帆に笑顔を向け、戯《おど》けたように敬礼をした。

「椎名さん、この男には注意してくださいね。今更ですけど。女性には褒め言葉を惜しまない男ですから」と沢田も今までになく柔らかな口調で言う。

「はい、大丈夫です。私、褒め言葉を信用しないタイプですから」と真帆も笑う。

まるで大学の同窓会か大人の修学旅行のようだ……。

工藤のことがなければ、楽しいだけの旅だったかもしれない。

秋に開かれる予定だと聞いた高校の同窓会に、今年は出席しようかと考えた。

そんなことを考えたのは、初めてかもしれなかった。

上昇するエレベーターには真帆たち三人の他にひと組の家族が乗り込んでいた。両親と見られる男女と小さな男児もいて、母親と子どものブランド服から中国の富裕層の家族と思われた。

意外にも物静かな家族だが、耳に入る小声の会話は英語だった。

外国からの観光客は薄着の人が多い。冬でもTシャツ一枚の者も多く見かける。この親子もアジア人の顔をしているものの薄着であることから、英語圏からの観光客なのかもしれない、と真帆はぼんやりと思った。

八階の特別展望デッキはＶＩＰ専用だが、高額なスイートルームクラスの宿泊者はエレベーター内の認証リーダーに客室のカードキーを翳《かざ》せば誰にも断りなく上がることができる。

家族も慣れた様子で最上階に降り立ち、すぐに男児が屋上デッキに走り出て行く。

「Mike, stop!」後を追う母親に、父親らしき男が声をかけた。「Bye!　See you」

「わあ……気持ちいい！」

デッキは予想以上に広かったが、中国人の家族と真帆たち以外には誰もいない。

風が気持ちよく、広い空はどこまでも続いている。

男児のはしゃぐ声と呼び止める母親の声が、少し遠ざかる。

振り返ると、すぐに飽きてしまったのか、男児と母親は再びエレベーターの方に向かい、父親がその二人の姿に呆《あき》れたような身振り——両手を広げる仕草——をしてゆっくりと追う。

静寂が戻って来る。

聞こえるのは風の音と、遠くで囀《さえず》る鳥の声。

〈何て気持ちのいい場所なんだろう……〉

真帆はフェンスに上体を預けて風に吹かれ、少し離れた所に沢田と藤島も同じような体勢で滑走路を見下ろしていた。

眼下に数機の航空機が駐機していて、奥に見える森の緑の陰から、空自の練習機が飛び立って行く。

「まさか、沢田とこんな場所に来るなんて考えもしなかったな……」

「そうだな。工藤公使に感謝すべきなんだろうけど、藤島だったら銀座あたりで一杯やれた方が良かったんだろうな」

二人の会話が耳に入る。

「いや、そんなことないさ。久しぶりに沢田とゆっくり話もできたし……あの時、退職しないでよかっ……」

不自然に途切れた会話が気になり、真帆は二人の方に顔を向けた。

二人は同じ方向に顔を向けていて、その視線の先に一人の男が右手に拳銃《けんじゅう》を構えて立っていた。

さっき同じエレベーターで上がってきた家族の父親か……。

〈あ……！〉

途端に、男が家族に向けた言葉を思い出す。『Bye!　See you』

サヨナラ　マタネ
〈家族じゃない!?〉

「やめろ……やめてくれ、あれは本当に事故だったんだ」

沢田が振り絞るような声で懇願する。

その途端、先刻、エレベーター内で何気なく目に入った男の首元に描かれた青い模様が鮮やかに蘇《よみがえ》った。

〈サソリ……？　この男が町村康太⁉〉

外国人のタトゥーは見慣れていて、模様もちゃんと確認していなかった……。

「銃を下ろせ！　沢田を殺しても早苗さんは戻っては来ない！　今更沢田を殺して何になる！」

藤島も叫ぶが、町村は黙ったままだ。

真帆はそっと上着のポケットに手を入れ、スマホを触る。

「女、動くんじゃないっ！」

初めて町村が口を開く。

「あんたが町村康太？　さっきの親子はたまたま一緒だったの？　それともあの緑色の髪の兄ちゃんみたいにバイトで雇ったとか？」

つい余計なことを言ってしまう。刑事の饒舌《じょうぜつ》さが犯人の神経を刺激することはよく知っているが、他に何ができるわけでもない。

「あんた、刑事か。そうやって時間稼ぎするのがサツのセオリーなんだろうけど、俺には通用しないって……他にやり方ないのか？　あったま悪《わ》りぃな」

何故、この男はこんな余裕のある笑みを浮かべていられるのか……。

横目でエレベーターのあるガラス張りの展望室の方に目を向ける。

誰かがやって来ることを期待するが、悪いことに昼食時だ。このホテルにいるセレブたちは、別棟のレストランか各自室で昼食を摂《と》っている頃だろう。

航空機ファンなら、ターミナルビルにある一般用展望デッキの方が間近で機体を見ることができる。わざわざこのデッキを訪れる者はそうはいない。

エレベーターホールに監視カメラがあるのは確認できたが、屋外のデッキ周辺には見当たらなかった。

「じゃ、撃てよ……」と沢田が男の方に一歩踏み出した。

「沢田！」

藤島が沢田を庇《かば》うように間に体を入れる。

「どけよ、あんたもコイツと一緒に死にたいのか」

「ちょっと待って！」真帆が叫んだ。

「あんた、残弾は何発？　ザ、ン、ダ、ン！」

一瞬、町村がキョトンとした目で真帆を見た。

「確かめてないの？　入間で二発使ってるから、フルでも五発？　ここにいる三人が一発で死ぬとは限らないし、私たちも抵抗するからよく考えて撃たないと失敗するよ」

あんた、工藤のおじちゃん外してるし、と真帆は世間話の続きのように言った。

みるみる町田の顔色が変わる。

「バカか！　あれはわざと外したんだ。もともとあんなジジイを殺そうなんて思っていないし……」

言葉は強いが、テンションが下がってきたのが分かる。

「え……そうなの？　でも、ＳＰに当たったのはまずかったね。警察って、部下や同僚が撃たれたりすると、そんじょそこらのハンシャより仕返しするんだよ」

かわいそうに……私たちを撃っても警察官に確実に殺られるね、と笑顔を作ってみた。

「試しに一発撃ってみれば？　特殊部隊の人たちって、犯人を生かすために致命傷は避けるって言うけど、アレ嘘だからね。後の面倒考えたら、一発で仕留めた方が話早いじゃん？　公には絶対ならないけど、そうやって経費削減するんだよ。そんなのに協力して早死になんてしたくないよね？」

出まかせを滔々《とうとう》と言っていると、町村の顔が青ざめてくる。

「椎名さん……」と沢田がそれ以上言うなというように首を振った。

無言で小さく頷《うなず》く。

少し前から、真帆の視界の隅に津村の姿が映っていた。

この状況を察したのか、静かに町村に近づいて来る。

「そうだね、拳銃を構えてたら、撃っても正当防衛だったと言えばいいしね」

藤島も気づいたのか、少し落ち着いた声を出した。

途端に、町村の表情が気弱なものに変わった。

「……聞いてないぞ、そんなこと」

町村の目が泳ぎ、独り言のように呟《つぶや》く。

〈あの時と同じだ……〉

四ヶ月前のコンビニ立てこもり事件の情景をまた思い出す。町村の表情は、あの時犯人に仕立て上げられた店員に似ていた。

「あんた、まさか！」

真帆が叫ぶと同時に、町村の背後に津村が飛びついた。

――と、藤島も町村に駆け寄り拳銃を持った右手を捻《ね》じり上げると、町村は大声で何かを叫びながら二人を振りきり、デッキの端の方へと逃げ出した。

「待てぇーっ！」

すぐさま津村が叫びながら後を追い、藤島も続くと、町村が振り向きざまに拳銃を二人に向けた。

パン！　と入間基地で響いた音と同じ音がして、後ろ姿の津村の左肩から赤い飛沫《ひまつ》が上がった。

「津村さんっ！」

真帆と沢田が同時に叫んだ。

逃げる町村を藤島が追い、津村は肩を庇いながら、エレベーターの巻き上げ機や空調設備が入る塔屋の壁に寄りかかった。

沢田が津村に駆け寄るのを見ながら、真帆はスマホで有沢に電話を入れた。

焦る気持ちを逆なでするように、有沢は通話中なのか留守電に切り替わる。

「何してんのよ、こんな時に！」

スマホに苛立《いらだ》ちをぶつけながら、町村を追う藤島に続いて走り出した。

ここで町村を取り逃せば、また怪我人が出てしまう。

塔屋の陰に回り込む町村。追う藤島。

その後に続きながら再びスマホを確認するが、有沢の電話は通話中のままだ。

——と、誰かの絶叫と激しい物音が響いた。

〈何っ……!?〉

身を屈《かが》めて慎重に塔屋の陰に回り込むと、その先のフェンスに藤島が蹲《うずくま》り、呻《うめ》き声を上げている。

「藤島さんっ！」

叫んだ瞬間、真帆は町村の姿がないことに気づいた。

「町村は!?」

腹部を押さえて呻く藤島に駆け寄ると、藤島は震える手でフェンスの向こうを指した。

〈え……？〉

フェンスの向こうはターミナルビルとの間にある空間だけだ。

〈飛び降りた!?　まさか自殺……〉

だが、階下に庇《ひさし》があればそこに飛び降りた町村から発砲される恐れもある。

静かに、ゆっくりとフェンスの下を覗《のぞ》くと、思った通り一階下にバルコニーが見え、屋内に逃げ込む町村の背中が一瞬見えた——。


「すみません。応援要請の件で道警の課長を説得していたものですから……」

有沢が神妙な顔つきをして真帆たちに頭を下げた。

町村が階下に飛び降りて逃走した時、真帆はすぐさま階下に降りて町村の姿を捜し、沢田も警察と警備室に連絡を入れてホテル出入り口の捜索を要請した。

すぐに警備室からの緊急連絡で駆けつけた有沢とホテル内や周辺施設を捜索したが、町村の姿を見つけることはできなかった。

「でも、皆さん命に別状が無くて良かったです」

先刻、デッキに捜査員数名が現場検証に来て、真帆たち一人ずつに簡単な質問をして階下に向かったところだった。

真帆たちには今後詳しい事情聴取があるはずで、それまで現場で待機となっていた。

津村の肩を掠《かす》めた銃弾はデッキの中央付近で見つかり、真帆に流れ弾が当たらなかったのが不思議なくらいだった。

「本当に下手なのか、わざと外したのか……」

真帆が誰にともなく呟く。

「私の責任です。ここまでヤツを追い詰めながら、みすみす……津村さんと藤島さんには本当に申し訳なく思っています」

有沢が悲痛な面持ちで言い、再び頭を下げた。

藤島は逃げる町村にタックルして拳銃《けんじゅう》を奪おうとしたが、町村が隠し持っていた鋭利な刃物で腹部をひと突きされ、手を離した隙に町村はフェンスから飛び降りたと言った。

刃物は藤島の腹に当たり、ベルトを貫通したものの、腹部に刺さることはなかった。

刺し傷より、腹部や顔面の殴打痕《こん》が痛々しい。

「大丈夫ですか。一応救急に診てもらった方が」

真帆が紫色に腫《は》れ上がった藤島の右頬を指すと、藤島はようやく余裕ある笑顔で答えた。

「平気です、事情聴取が済んだらお願いします。こんな顔で飛行機に乗るわけにもいかないですからね」

そんな軽口も、今の有沢には通じない。

「全部私の責任です。見通しが甘かったんです」と有沢が肩を落とした。

「私も、もっと早く町村に気づいていたら……」

沢田も血の気が失《う》せた顔でうなだれている。

幸い沢田に怪我はなかったが、さすがにこの状況は応《こた》えているようだった。

だが、真帆は、幾つかの違和感を覚えていた。

〈……町村はどうしてすぐに発砲しなかったんだろう〉

入間基地での犯行はプロ顔負けの早業で、拳銃を出した途端に躊躇《ちゅうちょ》することなく発砲している。沢田を狙ったか、あるいはわざと外したか。その傍にいたSPの動きに反応してしまった結果だったのか。

銃の入手経路はともかく、実射の経験はかなりありそうだ。それは、素早い銃さばきと構えるポーズで見当がつく。一度や二度の経験で身につくものではない。

町村は海外を転々とし、最終的にはハワイに在住していたことから、現地の観光客やガンマニア相手の射撃場に通っていたことが考えられた。

だが、執拗《しつよう》に大使館へ脅迫メールを送り、沢田の来日を待って復讐《ふくしゅう》に及ぼうとしたという情熱の割には、対峙《たいじ》してからの行動があまりに粗雑だ……。

沢田を撃つ時間は十分あったのだから。

「何だかなあ……」

真帆の独り言に有沢がちらりと顔を向けてきたが、スマホの着信音で立ち上がり、塔屋の陰にあるエレベーターホールの方に姿を消した。

あ……。

それを見て、真帆もスマホを取り出した。

ずっと機内モードにしたまま、誰の電話にも出なかったことを思い出した。

　有沢が向かった方に歩きながら履歴を確認すると、新堂からの夥《おびただ》しい数の着信があった。

　すぐに電話をかけると、一度のコールですぐに新堂の声が聞こえてくる。

『椎名、おまえは大丈夫か、どこも怪我はないんだな？　ったく……心配したぞ』

「大丈夫です。すみません、主犯の町村を……」

『うん、聞いた。それより、沢田と藤島はどうした？　そこにいるのか？』

　珍しく慌てた声を出している新堂を不思議に思った。

「どうしちゃったんですか、班長。皆、無事ですよ。空自の津村さんが軽傷を負ってターミナルの救急センターで手当て中ですけど、それより藤島さんが町村に殴られてひどい顔になっちゃってるんです」

　言いながら再び沢田たちの方に少し戻ると、フェンスに同じような姿勢で並び、二人は上空を見上げている。

　薄水色ののっぺりとした空に、白い機体が上昇して行く。

「ようやく終わったな」「ああ、ご苦労だったな、お互いに……」と小さく聞こえて来る。

　二人が見ているのは、この騒ぎの影響で数十分遅れて離陸したワシントン行きの便だ。

「今、工藤公使を乗せた便が無事に離陸しました。事情聴取が終わったら旅行していいですよね、私」

新堂の声が聞こえてくる。

『今、沢田と藤島はどこにいる？　おまえの近くか？』


『椎名、いいか、しっかり聞けよ』

被《かぶ》せるように、強い口調の新堂の声が聞こえてくる。

「聞いてますけど……どうかしました？　また何か事件ですか？」

風音で新堂の声が聞きにくく、急いでまたエレベーターホールに入る。

『今、沢田と藤島はどこにいる？　おまえの近くか？』

「ええ。飛行機を……」

ガラス越しに見える二人の姿を確かめ、真帆は言葉を呑《の》んだ。

少し前は並んで空を見上げていた二人が、何故か今は向き合っている。

藤島が、片手をゆっくりと上げて……。

え……どういうこと？

「班長……藤島さんが……」

『藤島がどうした!?』

「沢田さんに拳銃を向けてるんですけど……これって」

真帆は思わずエヘッと笑った。

緊張しすぎると笑ってしまう癖はいつ頃から始まったんだっけ……。

『椎名、落ち着け……黙って二人からゆっくり離れろ。できるだけ遠くにだ』

新堂の声が現実に引き戻す。

はい、と小さく答えるが、真帆は二人の会話が気になり、エレベーターホールの外にそっと出た。

二人との距離は15メートルくらいだろうか。間に人工的な円形状の花壇があり、その植栽の陰にしゃがみ込んで聞き耳を立てる。

強風が吹くと会話は途切れ途切れにしか聞こえない。

「何の真似だ」

沢田の声に変化は無いように聞こえる。

「……町村のヤツ……最後に弱気に……」

内容はよく聞き取れないが、藤島の口調も今までのものと変わらない。

『離れたか？　有沢警部にもようやく連絡できたから、道警からすぐに応援が行くと思う。いいか、絶対に下手に動くんじゃないぞ！　主犯は藤島……』

新堂の声が続くスマホを少し耳から離す。

いつからだったか自覚はないが、自分は知っていたような気がする。

町村の姿が消え、藤島が階下を指した時、右利きの町村が殴ったという藤島の右頬の腫れ……。右利きの者が向き合う相手の頬を殴るなら、左頬の方が殴りやすい……。

そして、町村は階下に飛び降りる直前、拳銃を藤島に渡した……？

「沢田……おまえ、早苗のお腹にいた子どもの父親は、まだ工藤だと思っているのか」

風が止まったせいか、いきなり大きな藤島の声が聞こえた。

〈子ども？……子どもの父親って？〉

沢田の返事は無い。

「おまえは百も承知だろうが、早苗は確かに工藤とは入省以来ずっと不倫関係だった。だけど早苗は割り切った関係なんだと言ってた。厄介な仕事は他に回してくれるし、金銭的な援助もしてくれるし、工藤は自分にとっては若い父親みたいなんだって……」

「何の話だ？」

感情の薄い沢田の声がする。

「あの二人は月に一度くらい食事やホテルに行く関係。工藤は歳だし、そんなに都合よく子どもができるのか不思議じゃなかったか？」

「別に。俺にとってはどうでもいいことだ」

「工藤もバカだよ。すっかり早苗に騙《だま》されてさ。まあ、一番バカなのは沢田、おまえだ」

沢田がいきなり高笑いした。

「工藤が父親じゃないことなんか、とうに知っていたよ」

え……？

「父親は、藤島、おまえだ」

〈うそっ！〉

真帆は思わず自分の口を押さえた。

「知っていて……？」と藤島が銃口を少し下げた。

「当然だ。工藤は自分の子どもだと信じていたけどな」

沢田の口調は、まるで別人のものになった。

「それで工藤を利用してたのか。出世のために？」

「出世か……確かに俺には工藤以外の後ろ盾はなかったからな。だが、それももうどうでもいい。外務省に異動願を出そうと思っていたんだが、この際俺は転職することにしたよ。あんなオヤジに顎《あご》で使われるのはほとほと嫌になったからな」

「嘘をつけ！」

「嘘じゃない。工藤は早苗とつるんで俺を利用しようとしたからな。あの二人は俺の事を従順な飼い犬だと思っていたんだ」

「やっぱり、おまえがわざと早苗に事故を起こさせたんだな、俺の子どもまで一緒に殺したんだ……」

「確かに、早苗にはうんざりしていたよ。おまえの子どもを工藤の子どもだと言い張って、俺と結婚までしようとしていたんだからな。でもな、一緒に暮らしはじめたら、あいつは俺に本気になってきたらしくて……復職したらタワマン買うとか言い始めてさ。俺の方は工藤とのただの契約だったんだ。赤ん坊を認知すれば役職の他に年俸も上乗せすると。工藤の実家は千歳市一帯の大地主だからな……それで一生安泰なら、まあいいかと。でも、残念ながら、早苗はまるで俺のタイプじゃなかったんだけどね」

沢田が堰《せき》を切ったように話す。

「やめろ！　早苗をこれ以上侮辱するな！」

「藤島、おまえが早苗の元カレだったことなんかとうに調べはついているんだ。一度温泉に一緒に行ったくらいで亭主ヅラされてすぐに嫌になったって言ってたよ。気持ち悪いってさ、おまえのこと」

藤島が呻《うめ》く。「う……嘘だ」

「まあ、俺には早苗のどこがいいのかさっぱり分からなかったよ。気は強いし、金に細かいし……男三人を手玉に取ったつもりでいたのかもな」

真帆は次第に苛《いら》立ちを覚える。沢田の意図が分からない。拳銃《けんじゅう》を向けている相手を興奮させてどうするのか。人を撃つ勇気など藤島にはないとでも……？

「藤島……」

沢田が上着のポケットに手を入れようとする。

「動くな！」

「スマホくらい出させろよ」

安心しろ、通報なんかしないから……と沢田が取り出したスマホを操作した。

「早苗って、意外とバカなんだ。あいつのデバイスのパスワード、母親の誕生日か、名前に実家の番地を組み合わせたヤツのどっちかなんだよ」

沢田はスマホの画面を藤島に向けた。

「これ、おまえと早苗のメールのコピーだ……あいつが風呂《ふろ》に入ってる間に見つけたんだけど、これのお陰でおまえが父親だって分かったんだ。子どもが出来たって早苗に言われてプロポーズしたみたいだな、おまえ」

「当たり前だろう！　おまえのような冷たい男に早苗も子どもも渡すわけには」

「でも、おまえは何も言わなかったし、何もしなかった」

一瞬、会話が止まった。

〈え……？　泣いてる？〉

風音の中に、小さな嗚咽《おえつ》が聞こえてくる。

「おまえが俺の人生を駄目にしたからだ……あんな卑怯《ひきょう》なやり方で俺を閑職に……だから、早苗は子どものためにおまえを選んだんだ」

「まだ俺を疑ってるのか。あんな陳腐な書き込みくらいでキャリアに傷がついたのは、元々おまえの能力がその程度だったんだ。自分でもそう思っているんだろう？　だから早苗を奪ってまで自分のものにしようとしなかったんだ。全部おまえ自身が作った結果だ」

〈書き込み……藤島はネットで誹謗《ひぼう》中傷の被害にあっていた？〉

「ふ……ふざけんな！」

藤島が叫んだ時、背後に人の気配を感じた。

振り向くと、真帆と同じように身を屈《かが》めた有沢がいて、目を合わせて頷《うなず》いた。

その後方に防弾盾を持った十数名の特殊部隊が音も立てずに現れる。

気配に気づいたのか、藤島が一瞬だけ空を仰いだ。

「沢田……俺が撃たなくても、おまえはどうせ終わりなんだ」

「何？」

「町村は、ここに来る前にいい仕事をしてくれたよ。おまえはどうせ殺人罪で捕まるんだ」

藤島は目元を拳《こぶし》で拭《ぬぐ》い、ゆっくりと拳銃を下ろした。

「これで、俺の復讐《ふくしゅう》も終わりだ。早苗と子どもにいい報告ができる」

「どういう意味だ……何で俺が」

藤島は無言で沢田から離れ、真帆たちの方に向き直った。

「椎名巡査！　そこにいるんだろう？　君はすぐに気づいたんだろう。そうだよ、町村は私の飼い犬だったんだ」

すると、藤島は素早く拳銃を自分の側頭部に突きつけた。

「だめぇーっ!!」

反射的に叫び、真帆が飛び出すと、藤島は銃口を真帆に向けて叫んだ。

「来るな！　自分の始末は自分でする！」

再び銃口を自分に向けた瞬間、パン！　と銃声がして藤島の手から拳銃が飛んだ。

振り返るとＳＩＧを構えた有沢がいて、その背後から駆け寄る一団の中に雄叫《おたけ》びを上げながら突進してくる男が見えた。

上半身裸の肩に大きなテーピングをした津村だ。

そのままの勢いで藤島に飛びかかると、あっという間に背負い投げを決めた――。

続く機動隊員たちに取り押さえられる藤島を沢田は無表情で見つめ、その口元に薄い笑いが浮かんだのを、真帆は見逃さなかった。

巡査と警部

無機質なスチール製のデスクには何も置かれていない。

せめて室内にウォーターサーバーくらいはあってもいいのに。

いつだったか、同じような部屋に入った時にもそう思ったが、その理由を聞いて納得はしたものの、やはり今日も同じことを思った。

「お二人とは、できればオシャレなカフェで向き合いたかったな」

藤島は笑顔で言い、何も置かれていないデスクに両肘《りょうひじ》を突いた。

「私たちも残念に思います」

有沢の凜《りん》とした声が狭い室内に響く。

「取調室って、本当に何もないのですね」

「はい。容疑者にとって武器になるようなものは何も置かないという規定があります」

有沢の言葉に、藤島が吹き出した。「武器って……」

笑いながら、部屋の隅でパソコンに入力している真帆にも顔を向けた。

真帆は何も言わず、その視線を避けた。

「私は暴れたりしませんよ。まあ、腹が立ったらパソコンに水をかけるくらいですね」

「そういうことも考えて、水も差し上げられません。ただ、どうしても必要でしたら仰《おっしゃ》ってください」

では、本題に入りましょう、と有沢が色の無い声を出した。

「ええ。何でもお話ししますよ」

言葉や表情は、これまでの飄々《ひょうひょう》としたイメージと変わりはないように感じるが、組まれた両腕の指先が、せわしなくリズムを打ち始めている。

まるでドラマのようだ……。

いつかのコンビニ立てこもり事件で出張った時と同じように、現実味の薄い、陳腐な芝居を観ているようだと、真帆は思った。

有沢の背後には、荻窪東署の取調室などより遥《はる》かに大きい二重ガラスの窓があり、今にも雪が降りそうな北国の大空が広がっている。

「あ、そうでした。本題に入る前に、貴方《あなた》に報告があります」

藤島はさほど興味が無さそうな顔つきで有沢を見た。

「町村康太ですが、昨日の午後、千歳空港国際線カウンターで身柄を拘束しました。偽造パスポートでタイに向かうつもりだったようですね」

「へえ……そうですか」

「貴方の指示だったと供述しているそうです」

　ふん、と藤島が鼻で笑う。

「では、話を戻します。まず、貴方が沢田広海さんを撃とうとした理由を聞かせてください」

「もうたくさんの刑事さんに話しました……ああ、調書の作成のためですか」

　了解です、と藤島は真帆に顔を向けてピースサインを作った。

「藤島さん、真面目に答えてください。ここは警察署の取調室で、貴方は殺人未遂の現行犯で逮捕された被疑者です。忘れないでください」

「すごいな、有沢さんは。何があっても自分のペースを崩さない……さすがキャリア警部、尊敬しますよ」

　有沢の目がすっと細くなる。

「貴方は、工藤の出馬意向の情報をどこから入手したのですか？」

「そんなの、簡単ですよ。今は世の中にマル秘情報など存在しません。腕利きの闇社会のハッカーは便利です」

　やはりな、という感じで有沢が眉《まゆ》を少し上げた。

「貴方は、何故、沢田広海さんを殺害しようとしたのですか？」

「いなくなってほしいと思ったから」

「その理由を教えてください」

「教えたら、珈琲《コーヒー》の一杯でも出してくれますか？」

「藤島さん！」

有沢が強い口調で窘《たしな》める。

「大丈夫ですよ、珈琲を警部にかけたりしませんから」

ですよね……。

うっかり声に出してしまい、藤島が真帆を振り返った。

「でしょう？ やっぱり椎名さんとは気が合いますね」

「あ、すみません。でも、本当に取調べ中は何もお出しできないんです」

被疑者が温和な人間とは限らない。たとえそうでも、この空間で被疑者が冷静でいることは難しい。

有沢がチラリと真帆を見たが、一瞬で視線を逸《そ》らした。

「では、まず沢田氏と貴方の関係についてお聞きします。お二人は外務省に同期入省ですよね。大変仲が良かったと聞きましたが」

ふん、と藤島はふてくされたように鼻を鳴らした。

「職場ではそういう風にお互い演じていただけです。個人的に職場以外で付き合ったことなどありませんよ」

から。

藤島の態度に、真帆は少しホッとした。ずっと、藤島の明るさに違和感を覚えていた

「でも、貴方と沢田さん、そして一年前に事故死した水谷早苗さんとは頻繁にランチやお茶をしていたと聞いています」

「省内の食堂とかカフェです。そんなのは付き合いのうちに入らないでしょう」

「貴方が沢田さんを恨む理由を具体的に話してください」

少し沈黙してから藤島が少し笑った。

「あいつは、私が大学時代に痴漢の現行犯として勾留《こうりゅう》されたと、私の実名を出して週刊誌の掲示板サイトに書き込みをしたんですよ」

「痴漢行為を認めたんですか？」

「まさか。被害者の思い違いだと分かってすぐに保釈されたんです。それなのに、何千件もの誹謗《ひぼう》中傷の書き込みをされて……あの頃、工藤公使は私を買っていたんです。それを沢田のヤツ……」

「沢田さんが貴方を陥れたと思ったんですね」

「あいつは認めなかったけれど、早苗が教えてくれたんです」

「水谷早苗さん、以前は貴方の恋人だと伺いました」

「恋人……そう思っていたのは私だけかもしれませんね。早苗が沢田を選んだ途端、私などは完全にストーカー呼ばわりされて、アフリカか中南米に異動になればいいと言わ

れました。沢田と暮らし始めても、私の誘いに乗ったくせに……」

　言葉以上の屈辱を味わったに違いなく、藤島の顔が醜く歪《ゆが》んだ。

「早苗にとって、私はただの息抜きの相手だったんでしょう。付き合い始めて二ヶ月後には結婚を考えた私を疎んじるようになって、すぐに沢田と付き合い始めたんです」

「その頃、早苗さんは工藤公使とも交際していたようなのですが、つまり……」

「二股《ふたまた》ですよ。いや、私を含めたら三股かな。工藤とは飲んだ勢いでそういう関係になったと。でも、所詮《しょせん》は不倫です」

　吐き捨てるように藤島が言う。

「早苗は工藤とは関係を続けていたかったと言っていましたよ。沢田もそれを承知で婚約したと……」

「早苗さんはそれほど工藤氏を……」

「愛していたかって？　まさか……警部のように生まれた時から恵まれた環境にいる人には分からないでしょうね。早苗は工藤を父親か兄のように慕っていたんですよ。まあ、実際はパトロンでしたからパパ活みたいなもんでしょうね」

　早苗は実の父親と中学生の頃に死別している。

「早苗さんには町村康太というお兄さんがいるじゃありませんか」

「あんなの……早苗の保険金が目当てで戻ってきたんですよ。残念ながら、大した金額じゃなかったらしいですけどね。アイツには大金が必要だったんですよ。私の誘いに乗ったのも、それが目的です」

「お金が目的なら、沢田さんを脅迫した方が合理的だと思いますけど、何故貴方の誘いに？」

「私の方がリッチだからでしょう？　私の両親には多少財産があって、私は一人息子ですから。よく調べてるんですよ、ああいうたかり屋は」

「町村康太とは、どこで知り合ったのですか？」

「早苗の葬儀の時です。ヤツは早苗のパソコンに保存されていた写真から、お腹の子の父親は私だと気づいたそうです。だから、沢田の車に何か事故を起こすよう細工をしたのだろうと脅してきたんです。もちろん、それはヤツの妄想です。笑い飛ばしたら、週刊誌に売ると言って……週刊誌に載れば、嘘でも真実でもまた誹謗中傷の被害に遭うと思って、ヤツの機嫌を損ねないように百万円の現金を渡しました」

「それで終わらなかったんですね」

「それからしばらくして、ヤツから連絡がありました。ストックホルムに戻ったと思ってましたが、ハワイにいると……ええ、当然のように無心して来ました」

大きく息を吐いて、「やっぱり、水を少しもらえませんか」と真帆に顔を向けた。

有沢が頷《うなず》くのを見て、真帆は席を立った。

ドアの外にある長机に用意されているピッチャーから、紙コップに水を注いで部屋に戻ると、藤島が嬉《うれ》しそうな顔で目を合わせて来る。

「少し、休みましょうか？」と言う有沢を藤島は手で制し、真帆が差し出した紙コップの水を一気に飲み干した。

「それで、町村にまた現金を渡したんですか？」

「ヤツはハワイの闇カジノに多額の借金をしていたんです。その金額が幾らかは知りませんが、急がないと命に関わると言ってました。ヤツは金のためには何でもやるに違いないと思って、私の計画を話しました」

「航空祭で町村が標的にしたのは沢田さんだったのですか？」

藤島は少し笑って首を左右に振った。

「あれは工藤と沢田以外なら誰がターゲットでも良かったんです。警護が手薄になる千歳まで工藤と沢田を来させなければ計画が狂ってしまう」

「それなら、何もあの時に発砲事件を起こさなくても良かったのでは？」

「それじゃ、つまらないじゃないですか。町村の射撃の腕も確かめたかったし、沢田に警告する意味もあったんですよ」

「町村は幾らで請け負ったのですか？」

「成功報酬で五十万です」

ええっ⁉　と真帆が大きな声を上げた。「たったの五十万円で殺人を……？」

有沢が一瞬真帆を見て、軽く息を吐いた。

「米ドルですよね。五十万ドル」

「ええ。五十万ドル。ヤツはそれを借金の支払いに充てるつもりだったんでしょう」

〈ああ、ドルね……〉と真帆は計算を試みるが、イマイチ数字がはっきりしない。

「貴方《あなた》の計画の全てを話してください」

「私は事故の直後から、あの事故は沢田が故意に起こしたと考えていたから、匿名で荻窪東署に再捜査をさせようと匿名の電話をかけ続けたんです」

「母親の水谷貴子さんにもかけた、早苗さんは殺されたという内容の電話のことですね」

「そうです」

「貴方がそう思う根拠は？」

「早苗は、事故の少し前に、私に突然電話をかけてきたんです。私は沢田に殺されるかもしれないと。もちろん、その時は早苗の冗談だと思ってました。沢田がそんなことをしたら、出世どころか犯罪者になりますからね。あのプライドの高くて欲深い沢田が決してそんなことはしないだろうと。早苗と子どもがいる限り、ずっと工藤に守られ、おまけに潤沢な資金が得られるんですから。でも、実際に事故は起こって早苗は死んだ……早苗が言ってたことは本当だったんだと……」

藤島は空になった紙コップを右手で握りつぶした。

有沢が、少し沈黙してから大きく息を吐いた。

「ワシントンの大使館に工藤公使の殺害予告メールを送ったのも、貴方ですか？」

「あれは、町村に頼みました。私では足が付きやすい。その点、大麻のネット販売もしている町村の方は幾つものアカウントを持っていたから……」

「航空祭では、町村にどういう指示を？」

藤島は少し背中を丸めて俯《うつむ》いた。

「町村には、航空祭で工藤の周囲にいる誰かを撃てと……その後はフェリーを使って千歳に行くということは計画にありました。うまくやってくれたんですよ。途中まではね」

「計画が狂ったのはどこからですか？」

「展望デッキでヤツが沢田に拳銃《けんじゅう》を向けた時からですよ。構えたら、すぐに撃つべきだ。最後にヤツはビビったんです」

「本来の計画はどういう……」

思わずまた真帆が声を出すが、有沢はもう嫌な顔はしなかった。

「ヤツが沢田を撃って……私の足を撃ち、多分、近くで聞いている椎名巡査のことも始末して……」

「え？」と真帆がギョッと藤島を見た。

「それから、町村は高飛びでもしようと……？」

動揺もせず、有沢が問う。

「ええ。偽造パスポートでまたハワイに戻る予定でした」

「あのワルサーPPKは、貴方が用意した物ですか？」

「まさか。町村が雇った半グレのヤツに決まってるじゃないですか……。どっかの河川敷にハンシャの連中が隠してると言う噂を聞きつけて仲間と掘り返したそうですよ。怖いですよね。日本も、もうそんな社会になったんですね。あ、町村はハワイやグアムで実銃を何度も撃ったことがあるって自慢してました」

「そんなヤツでも、ビビるんだ……」と真帆が呆《あき》れたように呟《つぶや》く。

「ビビったお陰で、椎名さんも死なずに済んだでしょう？」

「そうね。そして貴方は町村から拳銃を受け取った時、町村を口封じのために事故に見せかけて撃とうとしたんじゃないですか？　でも、私の足音を聞いて町村は飛び降り、慌てて貴方は自分の手で右の頬を殴り、ナイフで自分の腹を刺した……とか？」

　有沢を無視し、真帆が話を続ける。

　藤島は面白そうな顔で何度も頷いた。

「椎名巡査も、有沢警部に負けないくらい勇敢で勘のいい警察官なんですね」

　ムッとするが、無視する。

「ひとつ分からないことがあるんですが」

　真帆はもう有沢の顔色は窺《うかが》わず、藤島に椅子ごと向き直った。

「仮に沢田さんが故意に事故を起こしたなら、その動機は何だと思いますか？」

「さあ……もしかしたら、工藤のオヤジと結託していたとか？　早苗にできた子どもは自分の子だと信じていたようですけど、いなくなってくれた方が安心でしょう？　沢田だって、好きでもない女と子どもの面倒を見なくていいんですから」

「事故るように計画していたと？」

「沢田に聞いてください。計画していたなら、私のことも恨んでいたとか……」

そんな訳ないか。私のことなどどうでもいいと思っていたから、私が子どもの父親だと分かっても平気でいられたのか……と藤島は独り言のように呟いた。

「藤島さん」と有沢が改めて藤島に声をかける。

「貴方が確保される前に、沢田さんに言った言葉を覚えていますか？」

え？　と藤島が顔を上げる。

「町村は、ここに来る前にいい仕事をしてくれたよ。おまえはどうせ殺人罪で捕まるんだ。確か、そう言いましたよね」

「そうそう……あれはどういう意味ですか？　私もずっと気になってました」

藤島は、有沢と真帆の顔を交互に見た。

「それは、早苗の母親に聞いてください。町村が早苗のパソコンに、沢田が殺人犯だという証拠を送っているはずです。まあ、早苗の母親がそれをどうするかは分かりませんけれど」

「証拠？　証拠があったんですか？」

藤島はニヤリと頷《うなず》き、「私も捕まる前にいい仕事をしましたよ」と晴れ晴れとした笑顔で言った。

「それはどんな仕事ですか？」

「来週発売の週刊潮流《ちょうりゅう》に工藤のスキャンダルが出るはずです。おそらく宣伝のために前日にはネットニュースに出ると思いますけど」

「スキャンダル……早苗さんとの不倫関係のことですか？」

「まあ、読んでみてください。あんなのが都知事になったら、日本も終わりですからね」

満足そうにそう言うと、藤島は真帆を見て、「すみません、もう一杯」とくしゃくしゃに丸めた紙コップを掲げた。

二人の警部補

【このカーブは緩やかだけど事故が多いの。でも大丈夫よ、雪道には慣れているもの。一昨日《おととい》の雪が解けないうちにこの雪だから、きっと下は凍っているわね。気をつけなくちゃ……あ、そうだ、男の子だったら雪彦《ゆきひこ》とかいいかも。女の子なら……小雪《こゆき》とか。でも、生まれてくるのは夏だものね。変かな、やっぱり。

ようやく口を噤《つぐ》むと、何が可笑《おか》しいのか彼女は喉《のど》の奥で低く笑いました。

その屈託の無さに無性に腹が立ち、私は咄嗟《とっさ》に大声を上げました。

言葉になっていたのかどうかは覚えていません。ずっと抱えていた苛立《いらだ》ちが腹の底から飛び出したのです。

その瞬間、驚いた彼女はブレーキペダルを一気に踏んでしまったのだと思います。

回転を増したタイヤが氷片を捉《とら》えきれずにスリップし、半回転しながら反対車線に飛び出し、停止する間も無く、大きなクラクションと共に左方向から眩《まばゆ》い光が迫ってきたのです。

その瞬間の衝撃は、なぜか覚えてはいません。本当にあっという間でした。

タイヤが滑る嫌な音、彼女の小さな悲鳴、迫るクラクションの音、光……。

どれくらいの時間が経ったのか、遠くから聞こえてくるサイレンの音で薄《うっす》らと目覚めました。ひしゃげたフロントグラスに大きな蜘蛛《くも》の巣状のひび割れが見え、運転席は形が無く、私たちは冷たい外気に晒《さら》されていました。

彼女の体や自分の体が、どんな形で車内に収まっていたのか分かりませんが、私の左肩に彼女の頭がありました。俯いてぐったりしている彼女は額から大量の血液を流していて、もう動く様子はありませんでした。思わず頰を触ろうとしたのですが、なぜか左手は他人のもののように意思が伝わらず、そう思った瞬間、私自身の額からも生暖かい液体が流れるのを感じました。

複数の足音、無数の光、誰かの声、誰かに抱えられる感触、そして誰かがその白い顔に触れるのが見えました。

触るな、と叫んだような気もしますが、声にはならなかったのかもしれません。

全てが夢のように、全てがいつか観た映画の結末のように今は記憶の底に沈んでいて、摑《つか》み出そうと手を伸ばしても、闇の中に霧散してしまうのです。

私の苛立ちが彼女を死に至らしめたことは事実です。

けれど、私は故意に彼女を殺そうとしたわけではありません】

「この新たに書いてもらった供述書に何か付け加えることはないですか？」

新堂が書類から目を上げて、前に座る沢田の顔を覗《のぞ》き込んだ。

あの事故の件では、すでに一年前に供述調書が作成されている。新たに供述書を書かせたのは、本人の記憶の整合性を確認したいと新堂が希望したからだった。

無論、それを新堂班の刑事以外に知る者はいない。

沢田は一瞬だけ考える素振りを見せたが、すぐにきっぱりとした口調で答えた。

「ありません。本当に記憶が曖昧《あいまい》なのです。私の供述を信じてもらうしかありません」

「うん。確かに一年前の事故の後に貴方《あなた》が供述した内容とほぼ同じです。だが、それにはこの供述内容が真実だという証拠が要るんですよ」

「証拠って……車内には私と早苗しかいなかったんですよ。それに、ニュースや動画サイトに投稿された事故の映像に、私の供述に反するようなものは無かったと聞いてます」

余裕たっぷりの口調で沢田が言う。

「早く疑惑を払拭《ふっしょく》しなければ、いつまでも藤島や早苗の家族に遺恨を残すことになります」

もう終わりにしたいんです……と沢田は強い眼差《まなざ》しを新堂に向けた。

千歳の事件から丸二日が経っていた。

おそらく椎名と有沢警部が、千歳南警察署で藤島の取調べを行っている頃だった。事件の被害者である沢田の事情聴取は、本来は道警で行われるのだが、道警の人手不足を理由に、昨日、任意で荻窪東署から沢田に出頭依頼をした。警察上層部や外務省からの圧力や抗議は無く、むしろ沢田本人が積極的に捜査協力を希望し、昨日、沢田は東京に戻っていた。

新堂の方から村田に声がかかり、沢田の事情聴取に立ち会うことになった。同署の捜査員、特に新堂班の刑事たちへの遠慮もあり一旦《いったん》は辞退したが、「君が足で稼いで拾い集めた情報のおかげなんだ。最後まで面倒見てくれ」と言う新堂に、村田は素直に頷くことができた。

「珈琲《コーヒー》でも飲みますか……村田君、頼む」

はい、と立ち上がろうとすると、沢田が少し苛立った声を上げた。

「これは、取調べではありませんよね」

「ええ。だから、珈琲でも飲みながらゆっくりとお話を伺おうと……」

新堂はゆったりとした笑顔を作った。

小会議室には、来客に備えて常に珈琲が用意されている。

村田は二つのプラスティックカップに熱い珈琲を注いで差し出し、二人から少し離れた椅子に戻った。

その僅《わず》かな静寂で、沢田は平常心を取り戻したように言った。

「これは、藤島の供述の裏付けですか？　それとも、やはりあの事故は私が故意に起こしたという証拠固めのためとか？」

新堂はすぐには答えず、珈琲のカップに口を付けた。

「当然、両方ですよ」

「そうやって警察は、自分たちの憶測を肯定するためにいろんな手を使って犯罪者を作り上げるんだって聞いたことがあります」

ふふふ……と新堂は軽く笑った。「それはそれで面倒で大変な仕事なんですけどね」

村田は目の前に置いたノートパソコンの画面を見ながら、新堂はどのタイミングでデスクトップに保存されているデータを沢田に提示するのだろうと考えていた。

「検挙率を上げれば、その警察署と捜査班の手柄になっても、皆が得をするわけじゃない。私ら下っ端はせいぜいビールで乾杯するのがいいとこよ。階級や給料が上がるのはお偉いさんだけ……外務省だって、似たようなもんでしょう？」

「……そうですね」

「だから、ビール一杯のために、こんな面倒な捜査はしたくないんだけど……」

こんなものが届いちゃったもんだから、と新堂は村田を促した。

〈来た……〉

少し緊張しながら、村田はパソコンの画面を二人の方に向けた。

「何ですか……また誰かの写真とかですか？」

村田が保存データを開くと、すぐに室内にクラシック音楽が低く流れ始める。

「この曲の題名は何ていうか知ってますか？　私はどうもクラシック音楽には疎くて」

沢田の目が泳いだ。

「ラフマニノフのピアノ協奏曲第二番……かな」

「ほお、詳しいんですね。好きですか、クラシック」

「ええ……大学の後輩の影響で、クラシックとかオペラ曲が好きになりました」

「いい曲だけど、雪の日に聴いたらちょっと憂鬱《ゆううつ》な気分にならないかなぁ？」

え？　と沢田が顔色を変えた。

「あの時聴いていた曲でしょ？」

新堂がまた合図してくる。

打ち合わせ通り、同じ曲と会話が録音されている、別のデータを開いた。

最初に流れた音源より少し劣化したようなピアノの旋律が流れ始める。

「これは……？」

答えたのは、パソコンから聞こえてくる別の声だ。

『今？　そうよ、式のことで知り合いの夫婦に相談しに行った帰りよ』

沢田の顔色が変わった。

『へえ、式なんてやるのか。まだ先だったら、目立つんじゃねえか？』

少し大きな男の声がする。

『お腹？　珍しくないわよ、そんなの。でも、まだ決まったわけじゃないの。何だか面倒になってきちゃって……沢田？　大丈夫よ、酔っ払って隣で寝てるわ』

二人は通話中で、その声の強弱から男のスマホの録音であることが分かる。

音量を少し上げると、音楽の他に覚えのあるノイズが聞こえている。

規則的な機械音……ワイパーだ。

『ふうん、けど、ラッキーなヤツだよな。おまえとお腹の子どものおかげで一生安泰だもんな。羨《うらや》ましいよ、少しこっちにも回してくれないかな』

『だからね、何だかそういうの嫌になってきたのよ。工藤一人に人生を操られているみたいな気がして』

『バカ言うなよ、縛られるのは工藤のほうじゃん。週刊誌にでもリークされたら工藤の降格は間違いなし。敵も多いだろうし、出世街道からは一気に転げ落ちるだろうよ』

『それだけはしたくないんだよね。表向きはこの子の実の父親なんだから』

沢田がフラリと立ち上がる。「何の真似ですか……」

新堂の合図で、村田が一旦データを静止させる。

「あの夜、善福寺の高橋宅から移動中、早苗さんは運転しながらスピーカーモードのスマホで誰かと会話していたみたいだな」

一瞬の沈黙の後、沢田はぎこちなく首を傾げた。

「君には言うまでもないが、電話の相手は町村だ。君は、この時すでに子どもの父親が藤島だと分かっていたんだね。でも工藤が自分は父親じゃないと知ったら、君の計画は台無しだ……だから知らないふりをしていた」

「ち……違います！」

新堂がまた村田を見て頷《うなず》いた。

室内に、またピアノとオーケストラの音が復活する。


『で、誰なんだ、本当の父親は』

『ふふっ……内緒！　沢田も知らないわ。生まれたら教えてあげる。でも、戸籍上は沢田が父親よ』

『早苗も大した悪党だな、俺よりやることがデカいわ』

『何言ってるんだか。兄さんは運が悪かったのよ。大麻の売人になって刑務所に入った人に悪党呼ばわりされたくないって……』

早苗と町村の笑い声が聞こえる。

『そっちは暖かいんでしょ？　私も子どもが生まれたらハワイに行こうかな……』

ああ、と返事をする別の男の声が低く聞こえる。

『え……起きてんのか？　沢田』

『寝ぼけてるのよ。ったく、そんなに飲めないくせにワインなんかガブガブ飲んじゃって』

『東京は雪なんだって？　さっきニュースでやってた。運転してんだろ？　気をつけろよ』

『全く、三月だって言うのに寒波到来だって……沢田が飲んじゃったから仕方ないのよ。まあ、私の方が雪道には慣れているけどね。一昨日《おととい》の雪が解けないうちにこの雪だから、きっと下は凍っているわね。ホント、気をつけなくちゃ……あ、そうだ、兄さんも一緒に名前考えてくれない？　男の子だったら雪彦とかいいかも。女の子なら……小雪とか。でも、生まれてくるのは夏だものね。変かな、やっぱり……ふふっ』

『別に名前なんて何でもいいじゃん。元気に生まれたら考えればいいんだからさ。って、元気に生まれてくれなきゃ金も入らねえか』

『だよね……でもね、実を言うとね、さっきも沢田に話していたんだけど、私ね、やっぱりこの子のためには本当の父親と暮らした方が幸せなのかなってだんだん思うようになって……この子が自分の子だと気がついてプロポーズしてくれたし……』

『へえ……じゃ、問題ないじゃん。そいつもエリートか？』

『それが、全然ダメなヤツ……でも、工藤にしたら、育ての親は沢田でも彼でもどっちでもいいわけだし。それに、彼は本気で私が好きみたい』

『物好きもいるもんだな』

『何よ、それ……え？　あら、起きちゃった？』

〈いい加減にしろ！〉と先刻より大きい男の声がする。

『だって、君にはいろいろ面倒かけたけど、君にもその方がいいに決まってる。私のことなんて愛しているわけじゃないし』

〈勝手なことばかり言いやがって、俺はおまえの飼い犬じゃないんだ！〉


「君の声だよね？」と新堂が沢田に目を向ける。

沢田は彫像のように動きを止めて立ち尽くしている。


『早苗！　どうした!?』

オーケストラとピアノの音のテンポが速くなる。

それに混じり、それまで無かった物音と争う男女の声——。

『何するの！　やめて！　あ、返してよ！』

すると、ゴトッという鈍い物音がして音声が遠くなる。

『早苗！　早苗！』

町村が大声で呼び続ける。

『やめてっ！　お願い！　手を離してっ!!』

〈ふざけんなぁぁぁーっ!!〉

『いやぁ――――――！』

絶叫に近い早苗の悲鳴、クラクション、そして激しい衝突音がして無音になった……

……。

「この録音データは、町村が逃亡した日の昼頃に早苗さんのパソコンに送られてきた。すぐに母親の貴子さんが警察に提供してくれたよ。町村は、藤島が君を始末したら次は自分がやられると思って、まず藤島を撃って、君を脅迫しようと考えていたらしいが、ヤツには人を撃つ勇気がなかったんだな。君が助かったら、これで脅迫して金をせしめようと考えたらしい。これがあれば一生安泰だと母親に言ったそうだ」

ふふふ……と沢田が笑った。

「こんなもの、何の証拠にも……第一、どうして町村がそんなにタイミング良く通話を録音していたんですか」

「そう言うと思った。だが、町村のように違法大麻の密売をしている者にとって通話が自動的に録音される設定にするのは常識らしいぞ」

すぐに沢田が口を開いた。

「ああ、思い出しました。あの時は、早苗があんまり勝手なことを言うから、腹が立って窓を開けたんです……雪と風がいきなり車内に入り込んで、早苗が閉めようとしたから手を摑《つか》んで……でも、別に争ったわけでは……」

その声を無視するように新堂が沢田に背を向け窓際に立った。

後は村田に任せるという意味だろうと解釈した。

村田は新堂が座っていた椅子に座りなおし、沢田に着席するよう促したが、沢田は動かなかった。

「これは捏造《ねつぞう》されたものだ。町村が編集したのかも……」

「この音声は、プロに極力ノイズを排除してもらったものですが、編集し直した形跡はないようです」

信じられない……と沢田は両手で髪を搔《か》きあげ、首を左右に何度も振った。

「貴方《あなた》は電話しながら運転をしている早苗さんに腹が立った。もちろん、その内容にもです。そして、おそらくダッシュボードに置いていたスマホを取り上げようとした際に早苗さんは右手で阻止しようとして、通話中の状態で車内のどこかに落ちたんでしょう」

「違う！」

「それ以前から苛立《いらだ》っていた貴方は発作的に早苗さんが握っていたハンドルを思い切り右に切った……その結果、車はスリップしながら横転し、正面から来たトラックと衝突した……これが、私たちがこのデータから推測したストーリーです」

村田の顔をじっと見つめていた沢田の口角が、わずかに震えながら引き上がった。

「貴方が助かったのは、運が良かったのか悪かったのか自分には分かりませんけれど、殺意が無かったとしても、貴方の罪は重大です。それなのに、貴方は事故直後に今のように笑ったそうですね……その時の気持ちを説明できますか？」

沢田はすぐに口元を引き締め、首を左右にゆっくりと振った。

新堂が背中を見せたまま、独り言のように言った。

「複雑に絡んでいたものから解放されてホッとした……」

沢田が微《かす》かに頷いたように、村田には見えた。

「沢田さん、この音声を聞いた水谷貴子さんの気持ち……娘を亡くし、息子は藤島に唆されて犯罪者になった母親の気持ちを想像してみてください」

新堂がようやく沢田のほうに振り返り、静かな声で言った。

「沢田君、もう一度聞くが、この供述書に書き加えることは本当にないのか」

沢田は力なく椅子に腰を下ろし、デスクの上に置かれていた供述書の紙を、無言で手元に引き寄せた。

刑事の明日《あした》

搭乗開始時間まで、まだ30分以上あった。

「カニ？　そんなもん、持って帰るのやだよ……大丈夫だよ、ちゃんと伯母《おば》ちゃんやお父さんとこにもお土産買ったってば……はいはい、分かった。じゃあ後でね」

曜子の声がまだ続きそうだったが、容赦なく通話を切る。

すぐにまたかかって来る危険を感じ、真帆は新堂に電話をかけた。

『ああ、ご苦労だったな。藤島の事情聴取は大変だったろう。奴が移送されたらまた本庁で取調べがあるらしいから、椎名もまた駆り出されるだろうな』

いつもどおりの新堂の声にホッとする。

「その時は班長にもお呼びがかかると思います。班長からの情報がなかったら、私たちは最後までホンボシにたどり着けなかったかも……ありがとうございます」

『いや、礼は俺じゃなくて村田に言ってくれ。俺があいつを無理やり再捜査に引きずり込んだんだからな。吾妻から聞いてただろ？』

はあ……と真帆のテンションが下がる。

「私には電話一本ありませんでしたけど……」

つい恨みがましい声を出してしまう。

有沢から警護の依頼があってすぐに、村田を引き込もうとしたことを話した。

新堂は笑いながら、「自分のスマホはずっと使ってないらしいから、気づかなかったって言ってたぞ」と村田を擁護するような言い方をした。

〈そんな……どこまで浮世離れしてるんだ〉

『村田の協力がなかったら、真相は藪《やぶ》の中だっただろうな』

結局、沢田は早苗の言葉に激昂《げっこう》してとっさにハンドルを切ったことを供述書に書き加え、新たな［供述調書］として検察官により作成されるということだった。

録音データと本人の自供だけだが、十分に、重過失致死傷罪が科せられるはずだと新堂は言った。

『事故直後に笑っていたっていう沢田がどうしても気になってな……お陰でようやくスッキリした。交通課にいた高野巡査にもいい報告ができるよ』

沢田のその笑いは、真帆には理解できるような気がした。

確かに沢田に殺意はなかった。でも、全てを終わらせてもいいと思った……？

『あ、有沢警部に伝えて欲しいんだが、警部のお兄さんのお陰で助かったと言っておいてくれ』

〈え……有沢東悟？〉

『町村が録音していたデータのノイズ消去や、他にも今回はいろいろ助けてもらったんだ』

ふうん……。聞いてないぞ、と真帆はだいぶ前を歩く有沢の後ろ姿を睨《にら》んだ。

「班長、お土産、何がいいですか、カニ以外なら何でも」と真帆は気分を変える。

「椎名さーん、遅れますよ」と、搭乗口のある二階へ上がるエスカレーターの方から有沢の声がした。

有沢は晴れやかな笑顔で、津村と並んで手を振っている。

その頬がいつかのように少し赤らんでいるのを見て、真帆は軽いため息を吐いた。

「じゃ、班長、明日そっちに伺います」

電話を切ろうとした瞬間、『タコの燻製《くんせい》とスープカレーってフルさんと吾妻が……』と聞こえたが、これも容赦なく通話を切った。

二階へのエスカレーターに足をかけると、再びスマホの着信音が鳴った。

タコの燻製とスープカレーでしょ？　と画面を見ると、意外な名前が表示されていた。


「久しぶり……でもないね。やっと連絡くれたんだ……」

『すみません。いろいろ慌ただしかったので、一段落したら、と……』

一応詫《わ》びているが、いつもどおり、村田に悪びれた様子はない。

「班長から聞いた……一応、お礼を言っておくね」

『礼を言われることは何も……』

「そう言うと思った。でも、本当に助かった。ありがとう」

『いや……』

会話が終わりそうな気配がして、真帆は言葉を探した。

「……それにしてもさ」

『はい？』

「北海道、初めて来たんだけど……あの事案の被害者のお父さんの言うとおりだった」

約二年前、村田と一緒に捜査した殺人事件……。

遺体を確認に旭川から来た被害者の父親が真帆に言った。

「空がきれいだから、一度は来てみたらいい……って」

『そうですか』

「本当に、同じ青でも違う色をしてる」

『そうですか』

「こんな形じゃなくて、道内一周とか、ちゃんとした観光旅行で来たかったたな」

『そうですね、ぜひ』

この無愛想な村田に、今は何故か腹が立たない。

「村田君も……いえ、村田警部補もたまには帰れば？」

『村田、でいいです。そうですね……』

「そういえば、まだ私のハードな過去話を聞いてもらってなかったよね」

ああ……と村田が薄い笑い声を立てる。

「村田君の昇進祝いでもしようか？　送別会はできなかったから」

あるはずだった村田の送別会の時に、真帆の話を聞く約束だったから。

『そういうのは結構です。別に祝うことでもないので』

「……可愛くない」と小さく呟《つぶや》くが、村田には聞こえなかったようだ。

エスカレーターを降りると、東京行きの便を案内するアナウンスが響き始めた。

　またね、と言おうとした時、スマホをあてていた右耳の中にも、アナウンスが流れていることに気づいた。

『ええ、いつかまた会う機会があったら、椎名さんのハードな過去話を聞かせてください』

　真帆はゆっくりと周囲を見回す。

「うん……必ず聞いてもらう。楽しみにしていてね……」

　観光客などの人の群れをゆっくりと見回しながら言葉を続ける真帆の視界に、見覚えのあるコート姿が入って来る。

　あ……。

　スマホを耳に当てた村田が、軽食コーナーの辺りをゆっくりと歩いている。

　仕事で道警に行くのか、純粋な里帰りなのか……。

〈本当に可愛くないなあ……〉

　笑いがこみ上げるが、我慢する。

「じゃ、また……」

『お疲れさまでした』

「あ……今通り過ぎたお店、帆立味噌《みそ》ラーメンが超、絶品だったよ」

　返事を待たずに通話を切った瞬間、村田の足が止まり、背後のラーメン店を振り返る。

「じゃ……」

少し考えるように立ち尽くす村田は、弾《はじ》かれたように周囲を見渡し始めた。

「椎名さんっ！　早く！」

搭乗口付近で叫ぶ有沢に手を振って応《こた》え、エスカレーター脇の透明な手摺《てす》りから階下の村田に目を戻す。

村田は諦《あきら》めたようにまた歩き出すが、再び立ち止まり、ふと気付いたように視線を二階に移すのが見えた。

村田の視線が自分の方に向けられる瞬間、真帆はピースサインを作った右手を上げた。

遠目で村田の表情はよく分からなかったが、同じようにピースサインを作った右手が少しだけ上がるのが見えた。

⌘

目の前にあるのは、唐揚げ大盛り定食だ。

「よく、そんな脂っこい物ばかり食べられますね。せめてキャベツは残さない方がいいですよ」

シーザーサラダを頬張りながら、有沢が呆《あき》れたような声を出す。

「だって、これ前から食べたかったんだもの。大丈夫、こないだ近所のクリニックに行かされたんだけど血糖値は正常だったもん。チョコやめたお陰かもね」

有沢は無言で真帆を一瞥《いちべつ》し、聞こえよがしにため息を吐いた。

数日前から、ランチタイムは警察庁にいる有沢と過ごしている。

「有沢さんこそ、よくそんな葉っぱで満足できるよね」

「有沢、でいいですよ。工藤公使とやりあった時、有沢って、さん付けしないで呼んでくれた時……何かちょっと嬉《うれ》しかったです」

さらりと言い、「ちゃんとタンパク質も摂《と》ってますよ、ほら」と話を戻し、サラダに添えられた茹《ゆ》で卵を口に入れた。

嬉しかった？　へえ……そういうもんか、と真帆は首を傾げる。

「じゃ、有沢……津村さんとは付き合うことにしたの？」

有沢は唐突な質問にも平然と答える。

「椎名さん、何か誤解してません？　津村さんとはメアドの交換をしただけです」

「じゃ、ワシントンに帰る前に吾妻にも電話番号くらい教えてやってよ。あいつうるさいからさ……」

了解です、と有沢が早速スマホを取り出した。

吾妻の嬉しそうな顔を想像しながら、真帆はつくづく思う。

何て平和な光景なんだろう……と。

唐揚げの残りを頰張り、斜め前に広がるガラス窓に目を移す。

隙間なく林立するビルの上に、見慣れた東京の空が見えている。

北海道から戻って、まだ十日。

『無断で休暇を延長したヤツは君が初めてだよ』

千歳から帰った翌日、鵜沢が薄気味の悪い笑顔で言い、始末書の用紙をデスクの上に置いた。『いやぁ、本当にご苦労だったな』

その上機嫌な態度の理由は昨日になってようやく分かった。

「椎名さん、せっかくだから、長期休暇を取ってワシントンに来ませんか？　私、案内しますから。どうせまたヒマになるし……」

有沢は三日後にワシントンに戻る予定だ。

「ワシントンか……それもいいね」

「津村さんも行きたいって言ってたし、あ、吾妻巡査部長やうちの兄も誘って……きっと楽しい旅行になりますよ、大人の修学旅行！」と頬を紅潮させる。

「私から新堂警部補にお願いしてみましょうか？」

真帆は曖昧《あいまい》に笑いを返し、残っていたほうじ茶を一気に飲み干した。

「あー、本当に今日も平和だなあ！」

少し大きな声を出すと、周囲の職員たちが冷ややかな視線を送ってくる。

「何、あれ」「一課の問題児……」「刑事なの？　ウソ……」と囁《ささや》く声が耳に入る。

「気にする事ないですよ」と有沢が笑いながら席を立つ。

「平気だよ、慣れてるもん」

やっぱりこの庁舎に自分の居場所はなかったな、と真帆はトレイを持って勢い良く立ち上がった。

午後から雨になり、退庁する頃には本降りになっていた。

予報では、北海道は早朝から雪マークだったことを思い出す。

明日、藤島秀一が東京に移送されるという情報が入った。

警視庁で本格的な事情聴取が行われるのだろうが、新堂と村田も招集されると吾妻から聞いた。無論、自分にも声がかかるのは間違いないが、またあの藤島の口調を耳にするのは憂鬱《ゆううつ》だった。

収監されている部屋の窓から、藤島は何を思ってその雪空を見ているのだろうか……。

時が経とうと、心の底に固まって眠っていたものは新雪の底に隠された硬い氷片のように、いつか凶器となって顔を出すのかもしれない。

自分の奥底にも似たような塊が眠っているのだろうか……。

残虐な事件で母を亡くしてから、もう二十数年も経つ。記憶が薄いこともあるが、その間、犯人を殺したいほど恨んだことは一度も無い。

確かに、憎い。

けれど、復讐《ふくしゅう》が成功したとしても、誰の救いにもならないのだから。

刑事になり、父の博之と共に犯人逮捕に至った時、自分が刑事という職業に導かれた意味が少しだけ分かったような気がしていた。

雨のせいか感傷的な気分になり、たった今出て来た建物を振り返った。

こうしてこの警視庁本部庁舎を見上げるのも、あと数日だ。

通い始めて間もなかった日のことを思い出す。

あの時は雨ではなく雪が降っていて、今と同じように灰色のビルを改めて見上げていた。

『いつでも帰って来ていいんだからな』

出向が決まった時に言われた新堂の声がまた蘇《よみがえ》る。

ようやく、またあの声を直《じか》に聴く日々がやって来る。

けれど、その報《しら》せを聞いた時の喜びの中に、僅《わず》かだが心残りを感じた。

もっと晴れ晴れとした気持ちでここを去るはずだったのに、何故……。

いつかまたこの建物に戻ることがあったら、その答えが分かるのだろうか。

通り過ぎる誰かの傘が肩に当たり、真帆は駅に急ぐ人の群れに続いた。

本書は書き下ろしです。
本作はフィクションであり、登場する
人物・組織などすべて架空のものです。

刑事《けいじ》に向《む》かない女《おんな》

再会《さいかい》

山邑《やまむら》 圭《けい》

令和6年 10月25日　初版発行

発行者●山下直久

発行●株式会社KADOKAWA
〒102-8177　東京都千代田区富士見2-13-3
電話　0570-002-301（ナビダイヤル）

角川文庫 24324

印刷所●株式会社暁印刷
製本所●本間製本株式会社

表紙画●和田三造

ISBN 978-4-04-115150-1　C0193

◇◇◇

角川文庫発刊に際して

角　川　源　義

第二次世界大戦の敗北は、軍事力の敗北であった以上に、私たちの若い文化力の敗退であった。私たちの文化が戦争に対して如何に無力であり、単なるあだ花に過ぎなかったかを、私たちは身を以て体験し痛感した。西洋近代文化の摂取にとって、明治以後八十年の歳月は決して短かすぎたとは言えない。にもかかわらず、近代文化の伝統を確立し、自由な批判と柔軟な良識に富む文化層として自らを形成することに私たちは失敗して来た。そしてこれは、各層への文化の普及滲透を任務とする出版人の責任でもあった。

一九四五年以来、私たちは再び振出しに戻り、第一歩から踏み出すことを余儀なくされた。これは大きな不幸ではあるが、反面、これまでの混沌・未熟・歪曲の中にあった我が国の文化に秩序と確たる基礎を齎らすためには絶好の機会でもある。角川書店は、このような祖国の文化的危機にあたり、微力をも顧みず再建の礎石たるべき抱負と決意とをもって出発したが、ここに創立以来の念願を果すべく角川文庫を発刊する。これまで刊行されたあらゆる全集叢書文庫類の長所と短所とを検討し、古今東西の不朽の典籍を、良心的編集のもとに、廉価に、そして書架にふさわしい美本として、多くのひとびとに提供しようとする。しかし私たちは徒らに百科全書的な知識のジレッタントを作ることを目的とせず、あくまで祖国の文化に秩序と再建への道を示し、この文庫を角川書店の栄ある事業として、今後永久に継続発展せしめ、学芸と教養との殿堂として大成せんことを期したい。多くの読書子の愛情ある忠言と支持とによって、この希望と抱負とを完遂せしめられんことを願う。

一九四九年五月三日

角川文庫ベストセラー